KB042092

붉은 도마뱀 열차를 찾아

시작시인선 0504 붉은 도마뱀 열차를 찾아

1판 1쇄 펴낸날 2024년 7월 12일
지은이 조현숙
펴낸이 이재무
기획위원 김춘식, 유성호, 이형권, 임지연, 차성환, 홍용희
책임편집 박예솔
편집디자인 민성돈, 김지웅, 정영아
펴낸곳 (주)천년의시작
등록번호 제301-2012-033호
등록일자 2006년 1월 10일
주소 (03132) 서울시 종로구 삼일대로32길 36 운현신화타워 502호
전화 02-723-8668
팩스 02-723-8630
블로그 blog.naver.com/poemsijak
이메일 poemsijak@hanmail.net

ISBN 978-89-6021-770-6 04810
　　　　978-89-6021-069-1 04810(세트)

값 11,000원

붉은 도마뱀 열차를 찾아

조현숙

천년의
시 작

시인의 말

한 편 한 편 시의 화폭에 그려 내고 싶었다
세상을 풍경을 마음을……

차 례

시인의 말

제1부 황금 뿔을 찾아

제2부 유폐기

제4부 호러 베이커리

제1부 황금 뿔을 찾아

심우도 尋牛圖
—황금 뿔을 찾아

오래전 할머니는 말했다 황금 뿔을 가져야 된다고

　우울한 날이 지속되었다
　황금 뿔은 어디에 있는가 있긴 있는가 물어도 아는 이가 없다
　나는 황금 뿔을 찾아 나섰다 백두대간을 마다하지 않았다 광활 들녘을 헤매기도 했다
　인기척조차 없는 광야에 기진하여 쓰러졌을 때 염소를 만났다
　저물녘 황금빛 바람이 쓸어내리는 수염, 얼마나 황홀했던가 나는 가진 것 몽땅 털어 공양을 했다
　웬일인가 그가 사라진 자리에 황금 뿔이 남아 있는 게 아닌가 내 것이 아니라는 생각에 그를 찾아 나섰다
　어디로 가면 만날 수 있을까 처음보다 더 우울한 날이 지속되었다

　오랜 후에야 알게 되었다 내가 찾는 것은 뿔 황금이었다는 걸

붉은 도마뱀 열차를 찾아

살레 씨 당신은 지금 어디에 계신가요

지중해에서는 봄꽃 소식들이 들려오는데 이곳 월평협곡에는 모래알만 입안에 서걱이네요

오늘도 나는 당신을 찾아 사막을 헤매고 있어요

어제는 소금 호수의 희디흰 소금 알갱이만 헤아렸구요

보이는 것은 모두 눈이 부시도록 반짝이는데 뭉클 살아 숨 쉬는 거라곤 찾을 수가 없네요

진시황의 순장 토용처럼 검디검은 몸에 절망하며 떠돌다 보면 소금 호수 어디쯤 또다시 모래바람 일고 바람 등졌나 싶어지면 아득한 사암 협곡이네요

하긴 그래요, 사암으로 둘러싸인 셸자협곡이나 고층 빌딩 둘러싸인 월평협곡이나 무슨 대수겠어요

출렁이는 대추야자 나무 그림자 반겨 달려가 보면 아차, 신기루뿐일지라도 끝내 걸어야만 하는 것을요

붉은 도마뱀 열차를 몰고 달리는 모하메드 살레 씨, 당신이 아니고는 사암 절벽들을 즐기기 어렵다지요

그래요, 나는 당신의 흔들리는 의자에 기대앉아 모처럼 이 사막과 협곡들을 눈감아 버리고 싶어요

어서 이곳을 빠져나가 베르베르인들처럼 지하 동굴 집 짓고 한 천 년 스며 살고도 싶구요

오늘도 당신은 사막의 유랑객을 품고 달리나요
가끔씩 꼬리가 밟히면 잘라 내기도 하나요

계림을 두드리다

　계림에서 본 산들은 어찌 신체의 일부로만 보이는가
　저건 어머니의 늘어진 젖무덤 저건 무기력한 남자의 그
거…… 어디 젊고 탱글탱글한 거 없을까 기웃거렸다
　무심한 소가 발을 헛디뎌 열어 놓은 관암동굴* 속을 빠
져나올 때에도

　길은 왜 더욱 캄캄해지는가 문빗장 열면 또 문
　봉인된 어둠들 통과하기 위해 혓바늘 돋고 티눈 박인다

　뭉클한 주름투성이 벽과 온몸 휘감는 따뜻한 물기, 구불
구불 거대한 자궁 속으로 빠져든 걸까
　어둠은 허방 치며 걸어온 자국마저 지운다
　동그마니 웅크리고 있다 고개를 드니 아무리 두드려도
열리지 않던

　허공에 수천수만의 빛살 꿈틀댄다
　빛의 태동에 놀라 콰르르릉 쾅, 황홀난측恍惚難測 아뜩히
폭포수 무너져 내린다
　말간 양수 터뜨리며 새 길 여는가 산도를 타고 미끈둥 눈
부신 햇살 속으로 나 다시 태어나는가

16

>

문 닫아 건 첩첩의 안개 너머 칠흑의 중심을 꿰뚫는 풍어암동굴**

눈 없는 물고기 유영遊泳을 따라 우매한 눈과 바꿀 몸짓을 익혀야 하리

토옥 톡! 물방울 소리 튕겨 오르는 종유석과 석순들, 닿아야 할 곳 있다는 듯 하염없이 두드린다

울울창창 메아리로 울려 나가 어떤 등고선을 그리려는가

실핏줄 같은 한 가닥 길을 열기 위해 나도 지금 계림의 허방을 두드린다

---

* 관암동굴: 중국 계림에 있는 산을 관통한 동굴. 동굴 속에 폭포가 있으며 소가 떨어져서 발견되었다.
** 풍어암동굴: 중국 계림에 있는 산을 관통한 동굴. 눈이 퇴화된 물고기가 산다.

쁘레아 꼬*의 도마뱀자리 소녀

천 년 전 왕비를 모신 사원이었다 소녀가 풀꽃 한 줌을 들고 있었다 눈길 한 번 주지 않고 관광객들이 지나치고 있었다

구호물자 옷을 입은 사소한 내가 웅크리고 있었다 적막한 사원에 기대어 파리하게 떨리는 손을 내려다보고 있었다

하늘에서는 페가수스가 차오르고 있었다 후드득후드득 나무들을 짓밟으며 어디에선지 어둑하게 달려오고 있었다

소나기 말발굽이 쏜살같이 내 머리를 남루한 한 어린 소녀를 덮치고 있었다 무너진 돌탑 사이 도마뱀도 젖고 있었다

흠뻑 젖은 소녀가 어리둥절 젖고 있는 소녀에게 풀꽃 한 줌을 건넸다 헝클어진 머리칼을 타고 빗물이 흘러내렸다

흰 소 떼에 짓밟힌 도마뱀 같은 눈망울을 껌뻑이고 있었다 거대한 블랙홀이 아득한 눈빛 속에 가리워져 있었다

천장에 붙어 있는 도마뱀을 볼 때마다 풀꽃이 떠올랐다 아주 작은 별 모양 손바닥으로 불끈 하늘을 움켜쥐고 있었다

18

>

  누군가 '도마뱀자리 소녀야' 불러 주면 케페우스자리와
안드로메다**자리 사이 어디쯤에서 고요롭게 반짝거렸다

---

* 쁘레아 꼬: '신성한 소'라는 뜻의 옛 크메르 왕국의 수도 롤루오스에
  있는 사원.

** 케페우스, 안드로메다: 그리스 신화에 나오는 왕과 공주.

붕어빵은 다르다

인도의 리시케시 거리, 수십 년 동안 오른팔을 올리고 좌판 위 붕어빵처럼 꿈쩍 않는 노인에게 묻는다 왜 매일 같은 포즈로 서 있는가? 그럴 리 없네 단 한 번도 같은 포즈로 서 있은 적이 없다네 이 말을 들은 설치미술가 이종관은 붕어빵 전시회를 열었다

계란 판에 담긴 붕어빵, 벽에 붙박인 붕어빵, 공중에 매달린 붕어빵, 투명 아크릴 박스에 붕어빵……
모두 같아 보이지만 하나도 같은 게 없다는
그의 열망이 빚어낸 이만여 개의 석고 붕어, 끔찍스럽도록 재단된 우리들의 카타콤

……아브라함이 이삭을 낳고 이삭은 야곱을 낳고 야곱은 유다와 그의 형제들을 낳고 유다는 다말에게서 베레스와 세라를 낳고 베레스는 헤스론을 낳고 헤스론은 람을 낳고 람은 아미나답을 낳고……* 환영은 현숙을 낳고 현숙은 아람과 우람을 낳고……

흰 빵 노란 빵 시커먼 빵 팥소가 많은 빵 팥소가 모자라는 빵 땅콩이 든 빵 말라비틀어진 빵 빵빵한 빵……

20

헤아릴 수 없는 붕어빵들

낳고 홍수로 망하고, 낳고 불로 망하고, 낳고 무엇이 더
남았단 말인가

히말라야 산속 희미한 호롱불 아래 프랑스 여대생 마롱
리느가 스웨터를 짜고 있다 너무 추운 그곳 길거리, 헐벗고
웅크린 붕어빵들에게 입힐 거란다** 차갑게 굳어 버린 세상
을 천 벌의 스웨터가 훈훈하게 아우를 때까지 올올이 짜고
있을 그녀를 생각한다

붕어빵은 역시 따뜻해야 제맛이다

* 성경 마태복음 1장 2절~4절 인용.
** 임현담의 기행집 『은빛 설산』에 나오는 이야기.

브레송*의 사진 속으로

아이의 앙상한 갈비뼈가 내게로 굴러왔다
　생략된 어미의 얼굴이 아이를 움켜쥔 손이 내게로 굴러왔다
　피와 땀과 눈물에 찌든 거대한 수레바퀴 속으로 나 미끄
러졌는가

　어둑한 갠지스 강가에서 여인을 만났다 장작더미에 가지
런히 눕혀지던 여인
　자욱한 향불에 이승의 미련 흩어지고 뜨거운 두어 시간의
바퀴가 굴렀던가
　가슴에 모았던, 장작 밖으로, 땅바닥으로, 떨구어지던 빈
손…… 위로 붉게 열리던 아침

　땡볕의 바라나시 거리를 멍하니 걷고 있었다
　구슬땀으로 힘겨운 삶의 바퀴 궁굴리며 언덕을 오르는 나
어린 릭샤 왈라
　나도 모르게 불러 세웠고 무슨 말인가 건네고 싶었지만 손
수건과 짜이 한 잔을 건넸을 뿐…… 겸연쩍게 받아들던 그
깡마른 손

　서로는 말없이 제 뜨거운 생生인 양 짜이 한 잔을 후후 불

어 마셨던 거다

　멋쩍게 잠깐 들어 올리던 손…… 은 강가로 잠연히 바퀴
를 굴리며 사라져 갔다

　업보처럼 몸에 배어 가시지 않는 향내와 멋쩍은 미소가
내 가슴에 거친 바큇자국을 남겼던가

　갈수록 심해지는 집중호우로 곳곳이 아우성이다

　반지하방에서 수장된 주검과 맨홀이 삼켜 버린 남매

　산사태로 물과 진흙 더미에 잠긴 집들과 농경지, 망연자
실 주저앉은 아비의 갈퀴손…… 위로

　아무 일 없다는 듯 바퀴는 돌고 돌아 오늘도 붉게 열리
는 아침

　　＊ 앙리 카르티에 브레송: 사진을 예술의 반열에 올려놓는 데 기여한 "결
　　　정적 순간"의 사진 작가. 1950년경 인도에서 찍은 사진을 본 후…….

장마
—강가에 오막집

그는 비 오는 날에만 연주를 했다
크레셴도, 데크레셴도를 반복하다 포르티시모로 격정적이다
베토벤 피아노 소나타 F단조보다 격정적일 때가 많다
극단적인 점은 닮았지만 비극적이지는 않았다
나는 새벽녘까지 읽던 책을 든 채 멍하니 앉아 있곤 하였다
그와 함께 불면의 밤들이 잦았다

그런 날이면 뜬금없이 누군가 문을 두드리곤 하였다
문 열고 내다보면 흐드러지는 바람의 눈물과 어둑한 허공
뿐이었다
누구를 기다렸던가, 허무한 듯 돌아설 때 뒷덜미를 낚아챈
것은 번번이 휘몰아치는 그의 연주였다
그럼에도 내 마음은 무엇에 끌리는 듯 자주 문 열고 내다보
곤 하는 것이다

그의 연주가 데크레셴도, 피아니시모로 잠시 누그러지면 맹
꽁이 소리가 애틋하게 들려왔다
그러면 나는 맹꽁이 울음통을 보겠노라 우산을 들고 수풀 속
을 헤집고 다녔다
맹꽁이는 맹꽁이답지 않게 숨바꼭질에 능해 찾을 수 없었지

만 어릴 적 이후 본 적 없다며 집착을 버리지 못했다

　산골 외딴 오막집이었다

　장마가 지면 엄마는 가마솥에 서리태를 볶았다

　볶은 콩을 주워 먹으며 아빠와 광석라디오로 연속극을 듣기도, 문지방에 앉아 낙숫물을 세기도 하였다

　그때도 그의 연주는 천둥 번개를 동반한 포르티시모인 때가 많았다

　뒤질세라 혼신을 다하던 맹꽁이 노래조차 그대로인데……

우리 여기, 암흑 식당

캄캄하다구요? 눈을 뜬 건지 감은 건지 모르겠다구요

빛에 대한 기억을 버리세요 두려워 말고 편안한 마음으로 의자에 앉아요

코앞에 놓인 포크와 나이프조차 못 찾는 척 말구요

여느 때처럼 오른손엔 나이프를 왼손엔 포크를 쥐고 안 마리 주방장이 예쁘게 장식한 스테이크도 잘라 먹고 음료수도 따라 마셔 봐요

칼질이 당신 전문 아닌가요 눈 감고도 쓱싹 몇 놈 모가지 쯤은 절단 내잖아요

어디가 입인지 코인지 모르겠다구요? 눈에 대한 믿음을 버리세요 몇십 년을 반복하며 살았는데 그까짓 걸 못 하겠어요

동굴 속 눈 없는 물고기처럼 눈 따윈 퇴화시키고 어둠을 마음껏 유영하며 감각의 비늘을 펼쳐 봐요

이제 보지 않아도 요리사의 레시피를 보듯 더 섬세하게 식재료들을 감별할 수 있을 테니까요

보이는 것만 믿고 따르던 세상일랑 잊어버려요

진실이 어둠 속에 있다 말하진 않겠어요 하지만 보이는 것이 모두 진실은 아니라는 거죠

당신이 지금껏 믿었던 빨갛고 파란 것들은 빨갛고 파란 것만을 뱉어 낸 거란 걸 인정해야 해요

넝쿨처럼 더듬대지 말고 향일성 습성을 버려요 그냥 온몸
으로 느껴 볼 뿐이라니까요

어차피 청맹과니 세상인데 발가벗고 춤춘들 뭐라겠어요

거추장스러운 마음의 그림자를 떼어 내 보라구요

보는 것만 믿던 세상이 암흑이었음이 좀 느껴지나요

암흑에 대해 어찌 그리 잘 아느냐구요? 그야 내게 주어진
세상은 암흑이었으니까요

당신 앞을 비추는 빛이 휘황할수록 당신 뒤 어둠이 깊다
는 걸 잊지 마세요

늙은 낙타
—가방 수선공 조인호 옹翁

늙은 낙타가 한 떼거리 대상隊商들 틈을 비집고 굴렁굴렁 중앙시장을 마름질한다

쓰러진 어미 대신 국자 들고 동동거리는 국밥집 큰아들 끊어진 가방끈 뚝딱 길게 이어 주고

헤실거리는 아낙네 속내 드러났는가 잠바 지퍼를 새로 달아 단단하게 여며 준다

주름투성이 노신사의 가죽 구두

햇살 한 올 풀어 바늘귀에 꿰더니 한 땀 한 땀 살 속에 바늘 박듯 주름살 박음질해 금세 가벼운 발걸음 놓아 준다

사막 길이야 터벅거려도 낙타 하나면 그만이지

술지게미도 못 얻어먹던 시절, 가죽 재단과 미싱질로 쌀말 벌어먹었지

혼잣말 구시렁대며 소일거리로 휴대폰 케이스를 만든다

한 줌 남은 햇볕 쪽으로 몸 웅크리며 차르르 감겨 내리는 눈꺼풀을 비비는 저 손

앙상하게 살아온 내력이 툭툭 불거져 마디마다 소용돌이치며 불룩하게 야물었다

혹, 그 속에 끈끈한 몇 모금 물기 있어 강마른 목울대마저 적시는가

\>

밭은기침 내뱉으며 눈 쌓인 먼 산 그리는 늙은 낙타

그만 사막을 건너려는지 간간 옹이 박인 발굽의 모래 먼
지를 털어 낸다

늙은 낙타가 봉합한 도도록한 상처, 환하게 빗살무늬 파
문 그으며 휘황한 세상 헤쳐 나간다

위그드라실
―25시 물푸레나무병원

세계를 꿰뚫는 생명나무 위그드라실이 이 도시의 중심에
도 뿌리를 박고 있다
　녹색의 커튼 사이로 신과 인간, 거대한 두 마리 뱀이 한
몸으로 얼크러져 있다
　혓바닥 날름거리며 쉴 새 없이 무엇을 노리는가
　찰랑찰랑 하늘 뒤덮는 가지 사이가 섬뜩하다

　그는 황급히 물관부인 분만과 신생아실 지나 바로 위층,
산소마스크 쓰고 할딱거리며 중환자실로 실려갔다
　밭은 숨 내뱉는 그 한 치 앞도 내다볼 수 없는가 아차, 벼
랑을 딛는 순간 지하 영안실로 굴러떨어진다
　허겁지겁 장례식장 뛰쳐나와 무지개 대신 간신히 엘리베
이터 뿌리를 붙잡는다
　무수한 방들 중 1319호, 나는 잠시 그를 만나고 분만실
휘돌아 폐경 클리닉으로 간다

　날이면 날마다 앰뷸런스에 실려 온 산모와 추락한 죽음에
대한 경의로 장내는 온통 꽃 사태다
　연꽃 한 송이 피우기 위해 비슈누는 눈을 감지만, 푸르
디푸르게 잠들 수 없다 생명의 25시 물푸레나무병원에서는

제2부 유폐기

바다 해우소*

그래 지겨운 우울증이라면 무작정 걸어 보는 거야

마실길 걷다 비로소 보게 되는 내 소갈머리 같은 간장 종지만 한 바닷가 모래톱 휘돌아 오솔길 오르니

아담한 뜨락에 삼삼오오 담소를 나누는 사람들 어깨 위로 테이블 위로 푸른 바다가 출렁이는 거야

소원의 조가비들 두 손 모으고 기도를 수런거리고

누굴까 수평선 다칠세라 나지막이 깎아 놓은 지붕 위로 하오의 윤슬이 눈이 부시게 반짝이는 거야

꽃 내음 나무 내음 아슴한 향기 끌려 계단을 내려서니

와락 덤벼드는 수묵화 같은 내 안의 바다 한 자락 파도 소리 갈매기 소리로 울컥 씹히는 거야

미욱한 마음 문 열고 그 해우소 들어서면 유리 벽마다 바다 넘실대고 나무 물고기들 유영하는 거야

계절마다의 빛깔로 찰박거리는 액자 속에 박물관처럼 수많은 이야기들 켜켜이 쌓아 놓은 거야

아련한 또 다른 몇 개의 계단은 섬과 등대와 수평선과 이승인지 저승인지 모를 빛나는 길로 까마득 이어지고

문득, 내가 그 길에서 푸르게 자맥질하고 있는 거야

* 해우소: 근심을 푸는 곳, 사찰에서 화장실을 이르는 말.

조계사 찾기

머리를 깎은 날이다 첫눈이 오고 있다

스승은 조계사로 곧장 가 보란다 잠을 설친 나는 비틀대며 찾는다

대체 조계사는? 눈길 헤치며 가다 까까머리 먹물을 만난다

옳거니 뒤를 따르는데 운명 상담소로 꼬리를 감춘다

지나는 행인에게 길가 상인에게 물어봐도 반듯이만 가란다

길은 자꾸 비틀리는데 종로구청 한 바퀴 돌고서야 목탁 소리를 낚는다

독경 소리 따라 마당에 들어서니 "법석에서만 사부대중 찾지 말고 사찰운영위원회법 준수해 주십시오" 현수막이 야단법석이다

늙은 호야나무 제 몸 밝히는 대웅전 꽃 창살 문을 기웃댄다

요령 소리 징 소리 요란하게 천도제 올리는 법당 안으로 고개를 드민다

참새들조차 삼존불 넘나들며 염불하는 바람에 헛디뎌 극락전에 이른다

빛바랜 불교인권상 현수막이 저 혼자 나풀댄다

범종루 7층 석조여래 진신사리탑 일일이 짚어 봐도 스승의 뜻을 모르겠다

비둘기 떼가 날아오른다 그 아래 백송의 허연 백골이 눈

길 사로잡는다

　한참을 서성이다 나오는 길 은행나무가 똥 구린내를 풍긴다

　예끼 불경스럽게! 필시 조계사가 이쯤인데…… 머리를 긁
적이며 뒤돌아본다

유폐기幽閉紀

사막에 외치는 자가 있다면 길을 묻는 자이거나 길을 가리키는 자다

태어날 때 나는 이미 사막에 유폐되었다
왜 하필 여자라는 굴레를 쓰고 유폐되었나 왜 자연에 살길 소망했는데 도회지로 유폐되고 자유인을 갈망했는데 제도권에 유폐되었나
그 뜻을 가늠하기 어려워 시름만 깊어 갔다

사막을 견디기 위해 동굴을 팠다
시詩는 사랑하는 것들을 어둠으로 바꿔 갔다
광장도 공원도 집도 점점 동굴로 변해 갔다

더 이상 위태롭다고 쓰고 싶지 않았다
위태한 건 시가 아니라 나였다
모든 것을 끊고 동굴 깊이 면벽에 들었던가

동굴에는 가시가 녹아내려야 자라는 것이 있고 눈을 버려야 보이는 세계가 있다
나는 가시도 눈도 꽁꽁 부여잡고 놓지 못했다

어느 날엔가 가시가 녹고 눈을 버리고 아름다이 노래 부르며 날아오를 수 있을까

　나는 이 사막에서 무엇을 외치려는가 길을 묻고 있는가 길을 가리키는가

고래심줄의 심복지병心腹之病*

고래 심줄이 목을 졸라요 발버둥 쳐도 벗어날 수 없어요

걸핏하면 소리 지르고 억지 부리고 제 뜻만 주장하는 고래 심줄

제발 숨 좀 쉬게 해 주세요 애원해 봐도 고래 심줄은 더 질기기만 해요

청개구리를 삶아 먹었나 빨간 것도 까맣다 파란 것도 까맣다

동으로 가라면 서로 가고 서로 가라면 동으로 가요

대체 달마는 왜 서쪽에서 왔을까요 그야 누군가 서쪽으로 가라 했겠죠

무슨 일이든 거꾸로만 하고 도무지 소통을 모르는 고래 심줄

오만 잔소리에 똥고집에 한번 걸리면 팔딱 뛰다 까무러치게 만드는

구워도 삶아도 이빨도 안 먹히는 독불장군 무한 능력자 고래 심줄

왜 고래 심줄은 수컷들의 증상일까요

자격지심이죠 사냥 갔다 빈손으로 오기 민망하여 생긴 지병이래요

장안 자자하게 고래 심줄 카페가 흥성했다지만 다 옛날 얘기죠

21세기에 고래 심줄이라니! 공해래요 살던 대로 살게 놔두

라고요?

　제발 지역사회에 피해 주지 말고 산에 들어 혼자 사시면
안 될까요

* 심복지병: 고치기 어려운 병, 없애기 어려운 우환.

아미떼나 델브

소명감 부족인가 십수 년 칩거에 시인 친구들은 돌아서고
시詩답잖은 바느질로 세월이나 깁던 나날 속에 스페이스
를 걸어가는 산책자*와 맞닥트렸다

아미떼나 델브에서 보자는 문자를 받고 아미떼나 델브
는 어디쯤일까
푸른 산토리니 어디쯤일지 멀고 먼 산티아고 순롓길 어
디쯤일지
아름답기도 해라 아미떼나 델브
룰루랄라 자전거를 타고 가리라

틀어박히던 컴홈 카페는 잊자고 폐달을 궁굴릴 때
델브에서 보자는 또 다른 문자
강가 아미떼 카페 휘돌아 흰 두건 수녀님 따르다 찾은 델
브 사이에서
삶의 기로에서 명확했다고 믿었던 칩거자는 아련히 뒤
돌아본다

사막에 신기루가 없다면 얼마나 절망적일까
아미떼나 델브의 환상처럼 모든 것이 아름답다거나 그렇

다고 비극적이지도 아니했음을

망해사 가는 길

까마귀 떼 날아오르다 내려앉곤 하는 광활* 들녘에서 노
인을 만났다
무엇이 그리 즐거운지 온몸 헤죽거리는, 아비보다 큼직
한 딸아이를 데리고 망망한 눈밭을 하염없이 걷고 있다
딸아이를 산사山寺에 맡길 요량으로 속절없이 저무는 해
에 마음 기대어 바다 쪽 향해 걸어가는 것이다
어느덧 땅거미 스멀거리고 멀리서 누군가는 또 하루치의
고단함을 별처럼 환히 내걸고 있다

캄캄하게 버티고 선 산마루 하나 없이 손 내밀면 거기가
하늘인 이곳
광활에서는 누구나의 기쁨도 슬픔도 지평선 위에서 올망
졸망 나란하다
세상사 끝 모를 물음 또한 잠시 잠깐이면 까무룩 저 들녘
이 되고 한 점 바람으로 흩어지고 마는 것을
기어이 눈발은 어지러이 휩쓸며 앞서간 자국마저 지우
려는가
문득 휘돌아보니 헤쳐 온 길 간데없고 세상 등져야 보이
는 바다
꿈틀거리며 화들짝 펼쳐진다

섣달이다

* 전북 김제시 광활면. 지평선이 보이는 곳.

건널목고물상 우 씨

매립지 가는 길목에 건널목고물상이 있다

중년의 사내 묵묵히 전선 피복을 벗긴다

몇억 대의 주식 전표 서슴없이 다루던 손 안간힘으로 파
드득 떨리며 피와 땀 절고 있다

쉬지 않고 하루 꼬박 벗기면 10㎏ 남짓 찢기고 부르트며
버는 돈이 삼만 몇천 원이다

함부로 버리는 입장이야 같겠지만 쓰레기와 고물은 가
는 길이 다르다

매립지와 재활용품 공장으로 건널목에서 길이 엇갈린다

갈림길 없는 길 어디 있으랴만 앗차! 한순간 고물도 못 되
고 끝나기도 하는 것이다

사내도 몇 번쯤 건널목에서 아찔했던가

뎅뎅뎅뎅 끈질긴 빚쟁이들 아우성 소리 가르며 건널목 차
단기가 단두대처럼 내리꽂힌다

우라질, 누구 뎅강 가를 목이 남았다고…… 생각마저 끊
어 버리는 기차 소리 섬뜩하다

등에 손주를 업은 쭈그렁 할망도 버겁게 책가방 짊어진
창백한 학생도 한 칼 질주하는 속도에 붙박인다

사내는 하늘 한번 올려보고 고개를 떨군다

못난 아비 덕에 가출까지 단행한 아들 뿔뿔이 흩어진 식

솔들 얼굴 스친 것이다

   꼼꼼히 휘황한 껍질 벗기는 사내의 등 뒤로 기우뚱 해가
저물고 새들이 날아오른다

카 레이스 바캉스

멈출 수 없던 바퀴가 휴가를 받았다

정신없이 맞물려 돌아가는 도시를 빠져나와 가족들과 산에 든다

오뉴월 불볕조차 얼얼하게 녹여 내는 계곡에 몸 담그고 라면을 끓이자 텐트를 치자 부산을 떤다

누군가는 한가롭게 바위에 누워 책을 읽는다 자연을 읽는다

거대한 초록 장막, 짙푸른 천창을 느릿느릿 흘러가는 뭉게구름……

며칠 눌러앉고 싶다는 그녀를 어찌지 못해 툭툭 끊기는 잠을 뒤척이던 바퀴가 멍하니 웅크리고 있다

속도가 일용할 양식이 되고부터 추월하지 않으면 밀리고 마는 탄력은 구르고 싶은 것이다

눈치를 살피다 더 이상 책장을 넘기지 못하고 누군가 살며시 제어 장치를 풀어 놓는다

바람이 건들거리며 은사시나무를 흔들어 댄다

시간조차 정지한 듯한 푸른 고요를 더는 견딜 수 없이 팽팽해진 바퀴가 미끄러진다 차르르 생기가 돌며 쌩!쌩!

동해안 휘돌아 거제도 몽돌해변 땅끝마을까지 귀가 먹먹하도록 뽕짝을 쿵쾅거리며 바퀴는 몇 날 며칠 피서를 즐긴다

간담 서늘하게 끝내주는 카 레이스 바캉스

이제 바퀴는 날개로 진화하고, 날개 없이도 우주를 누
빌 것이다

박하꽃 피는 뜰

오르락내리락 어둠의 꼬리 더듬는 경비 아저씨
정수리에 허옇게 뿌리내린 박하꽃 무성하다

햇살을 좇아 철없이 달음박질하는 아이들과 더듬적더듬
적 그림자 늘이며 오가는 노인들 사이
문득 서 있는 제 그림자 황망히 거둔다
마음 문 잠그고 스쳐 가는 무심한 발길에도 고개 숙여 환
한 웃음 건네고
꼭대기까지 경계해야 하는 위아래의 분주함 사이 쌉싸름
한 박하 향 뭉클하다

지하 계단을 딛듯 어둠의 향방은 늘 위태로워 주름살조차
팽팽하게 세워 보지만
지난 연휴에는 불 꺼진 채 마주한 806·807호 낯선 사내
의 발자국이 경계를 흐렸다던가······
식곤증에 깜빡, 박하잎 수런수런 흔들린다

세상사 켜켜이 못내 먼지뿐이겠느냐
쿨룩거리며 폐지 더미의 낡은 꿈을 들추기도 캔이니 우유
팩 빈 용기들을 꼬깃꼬깃 접어 애드벌룬처럼 재활용 망網을

부풀게도 하는 아저씨

　　오늘은 시들한 화분에서 깍지벌레를 잡고 있다

　　무심코 지나치는 고층 아파트 그늘진 곳, 하늘하늘 향그
럽게 박하꽃 밀어올리는 그,

달궁에 들다

이 땅에 네미의 숲*이 있다면 달궁쯤일 거라 생각하며 깊
푸르게 달떠 철벅대는 달궁 산장에 들었는데요

주인아주머니는 사제인 듯 칼을 들고 닭 모가지쯤은 툭
잘라 가마솥에 고아 내고 흑돼지 한 덤벵이도 숯불에 지글
지글 구웠는데요

설핏 잠결에 누군가 내 꿈을 기웃대는 듯도 싶고 달빛 쓸
리는 네미의 사원을 본 듯도 싶어 비몽사몽 나가 보면 달은
먼 산 미끄러지고 있었는데요

달의 궁 내력이 궁금해 싸드락싸드락 다가가 보면 옥토끼
절구질도 아르테미스 말발굽도 보이지 않고 산행할 사람들
김밥을 써는 칼질 소리만 들렸는데요

여전히 계곡물은 콸콸콸 마을을 휘감고 달거리도 까마득
잊은 사제는 고기 한 점 베듯 밤새운 달덩이 잘라 바베큐 통
에 넣었는데요

후후 불어 가며 장작불에 살별의 꼬리까지 잘라 넣자 사

방 능선 따라 시퍼런 날빛 기웃대는 내 뒷덜미 스으윽 긋고
지나갔는데요

* 네미의 숲: 프레이저의 『황금가지』에서 인용.

웃다가도 눈물겨운 그 이름들

누가 불러 주고 있을까
홀아비바람꽃 쥐꼬리망초 소경불알 요강나물 오랑캐장
구채 댕강나무 숙은노루오줌 며느리밑씻개 사위질빵 헐떡
이풀…… 웃다가도 눈물겨운 그 이름들

소리 구슬프고 청명해 선비들이 길렀다는 기생개구리
재주 부리는 놈 돈 챙기는 놈 항상 따로 있지
얼마나 굶주렸으면 참꽃 소쩍새 싸리꽃 이팝꽃 며느리
밥풀……
중심이 되지 못한 것들은 개지치 개머루 개질경이 개쑥
부쟁이……
모질기도 해라 쇠무릎 쇠돌피 쇠별꽃 쇠뿔고추……

짓밟혀도 금세 털고 일어설 것 같은
누군가 이름 붙이지 않아도 어느새 몸에 감기도록 낯이
익어 버린 개똥이 언년이 순돌이 꺽쇠……

그래 그랬구나 우리네 아버지의 할머니의……
눈 코 입 다 망그러지고 목이 꺾여도 간절함 그 하나로 버
텨 온, 운주사 골짜기 천불천탑 같은

박주가리
—덩굴손

　담장 아래 솜털 뽀송한 놈이 향긋하니 웃고 있다 못 본 척
외면해도 반짝이는 별을 닮아 자꾸 눈에 밟힌다

　언뜻 바람결에 스쳤던가 봉긋이 부푼 열매를 달고 있다
무슨 맛일까 따 먹어 봤자 갈증만 더할 뿐 서슬 푸른 놈의
촉각만 건드릴 뿐이다

　사내든 계집이든 이 틈새 저 틈새 친친 엮어 놓는 그 손
아귀에 잡히면 헤어나기 어렵다 묶고 조르는 놈의 그늘에
서 옴짝달싹 못 한다

　허방 짚고 오그라든 손 허위허위 저어 본들 집착만 더할
뿐이다 찬바람 가르는 놈의 음부에서 하얀 날개 펼치며 스
멀스멀 분신들 새어 나온다

　어라! 가만, 어느새 진화한 것이냐 우리의 덩굴손
　슬멋 누군가의 담장을 넘나들고 있다

겨울 구근의 결백한 음모

겨울은 오히려 따뜻했다 잘 잊게 해 주는
눈으로 대지를 덮고 마른 구근으로 약간
의 목숨을 대어 주었다*

경악하고 말았네 음모가 하얗게 결백을 주장하던 날 누구
라도 알아챌세라 재빠르게 놈들을 처치해 버렸네

혹 낌새라도 보일라치면 모조리 뿌리째 뽑아 버렸네 이후
나는 놈들을 하나하나 예의 주시했네

세상의 모든 음모란 까맣게 속내를 감추고 있을 때 비로
소 빛나는 법이네 그리 쉽게 명명백백 결백을 들이대다니!

필시 내 숨통을 끊어 버릴 작정인 게야 하나씩 변절시켜
서 말야 나는 의심하기 시작했네

분명 누군가의 다른 음모가 있을 거라 믿었네 꼼꼼히 다
시 살피다 눈을 의심하고야 말았네

눈을 너무 좋아한 때문인가? 허나 하얀 겨울의 구근 속엔
몇만 톤급의 푸른 에너지가 꿈틀대고 있다네

상징이 아니라 현실이라네 호락호락 당할 순 없어 나는
발 빠르게 움직였네 사려 깊게 다독이려는 수작이지

그런데 이봐 거기, 시커멓게 으스대는 놈! 시건방 떨 거
없어 음모란 음모는 곧 확실하게 끝내 줄 테니까

* 엘리엇의 「황무지」에서 인용.

황홀꽃 알레르기

꽃 한 번 피우지 못한 채 봄 다 갔거니 싶을 때
실상사 둘러보고 달궁 계곡에 들었는데요
누가 그리 살풋한 암내를 온 산에 풀어놓은 건지
우우우 연둣빛 분홍빛 온통 솟구치는데요
아랫도리에 차오르는 물소리는 또 얼마나 서늘하던지
그만 숨이 칵, 막혀 옴짝달싹 할 수 없었는데요
그이는 눈치 빨라 주저앉아 옻닭이나 먹자네요
병풍산 펼쳐 놓고 물소리 텀벙거리며 닭을 뜯었지요
그 밤 기다려도 옻은 오르지 않았어요
일주일쯤 지나 눈이 간지러운 거예요
다음 날은 아랫도리가 못 견디게 간지럽고요
그제야 옳거니 내과로 달려갔죠
주사 한 방 꽂고 열꽃은 가셨지만 한편 섭섭했지요
때늦게 피워 본 꽃이 좀 좋았겠어요
계곡에 들어 눈 먼저 황홀했고 아랫도리 황홀했고
가슴이 황홀했음을 몸은 기억하고 있었던 거예요
거참…… 이보우, 명년 봄에도 달궁계곡서 옻닭 사 주오
서너 번쯤 황홀꽃 피고 나면 알레르기도 없다잖수

무당개구리 연습생

　백두대간 어디쯤에서 갑갑한 소리 질러 댄다
　립싱크가 판치는 세상에 어찌나 핏대를 세우는지 가슴이 터
질 듯하다
　낡은 아미룩에 새빨간 페디큐어, 고혹적인 바디 페인팅까지?
　눈길을 끌 만도 한데 봐 주는 이 없어 인기척에 속을 발랑 뒤
집는다
　무명의 설움 곱씹듯 두고 보라! 서슬 퍼런 독기로 탱탱하다
　밤새도록 누가 듣거나 말거나 맹연습 중이다
　옳은 자만이 능사라는 그, 정상은 얼마나 먼가
　맹금의 발톱에 낚여 단숨에 뜬 자를 본 적 있다
　허나 날개 없는 자 어기죽어기죽 기어오를 수밖에 없다
　일구월심 별을 꿈꾸며 높은 데만 향하고 있다
　산정山頂에 들어 혹 그를 만나거든 사인 한 장 받아 두면 어떨까
　언제 세상 인연 딱, 끊고 저 하늘로 등극할지 모르니 말이다

그린 라이트

우리 소싯적엔 자주 만났었지
언제부턴가 네 종적 묘연하더니
불현듯 장마철 빗소리에 소식을 보내왔다
멀리서 왁자하다 문득 가까이서 들리는 목소리
이건 그린 라이트야 이제야 나를 부르는군
멸종 위기 남男이라니! 달뜬 맘으로 기다려도
너는 더 이상 다가오지 않는다
튕기나? 맹꽁이같이
도리 없군 내가 도루하면 되지 뭐
조심스레 살피고 야릇한 미소 띠며 슬몃 다가가자
요사스럽던 코맹맹이 운율이 툭, 끊긴다
웬 딴전? 능청스럽기는, 갸웃거리다 눈이 마주쳤다
반가움에 손 내미는 순간, 깨달았다
차였다는 걸 그녀와 이미 한 몸이란 걸
이 장마 끝나기 전 나도 알을 낳고 싶다고
아무렴 급하기로 어린것과 눈이 맞아? 이 맹꽁이야
지혜로운 맹꽁이 같으니라고!
내 갱년기 우울증을 어찌 알았을꼬……
하, 갱년기 우울증도 포용할 맹꽁이 없나요?

* 맹꽁이는 2012년 멸종 위기 야생생물로 지정되었다.

쇠똥구리 에덴

세상이 나에게 준 것은 똥 무더기 뿐이다
처음으로 눈 뜬 곳도 똥 무더기요 먹고 자란 곳도 똥 무
더기다
어머니도 똥 무더기에 살았고 어머니의 어머니도…… 똥
무더기에 살았다

그러나 나 날아오른다 처음으로 날아올라~ 놈의 배 속을
통과해 나온 배설물, 수많은 것들이 씹히고 짓뭉개져 좋은
것은 모두 놈의 살이 되고 뼈가 되고, 이젠 쓸모없어 거들
떠보지도 않는 ~내려앉은 곳도 똥 무더기다
나의 힘으론 도무지 어찌할 수 없는, 오로지 주어진 이
똥 무더기

기꺼이 사랑하기로 한다 그래, 난 똥 구린내가 좋아!
코를 똥 무더기에 처박고 안간힘 다해 굴리고 굴리어 둥
그렇게 빚는다
구린내 나는, 썩어 문드러질 놈의 세상, 맛있게 다진다

이제 더 이상 놈의 똥이 아니다
둥그런 새 우주에 엉덩이 밀어 넣는다 봉긋이 새 생명을

묻는 것이다

　머지않아 누군가 태어나 또 말하겠지

　세상이 너에게 먹인 것도 똥 무더기요 마지막으로 눈감을
곳도 바로 여기뿐이라고

누에 시인

나는 게으르다

그이가 벌어다 주는 것을 대책 없이 축내며 먹고 자는 게 고작이다

유별나게 가려 먹고 정갈한 잠자리만을 고집하는 결벽증 환자다

문소리 칼질 소리에 과민하고 고기 냄새 사향 냄새조차 싫어한다

난생설화를 믿으며 날개를 꿈꾸는 나는 완전 변태다

날마다 먹고 또 먹어 운신할 수 없도록 몸을 부풀린다

나의 하루하루는 바위에 눌린 듯 갑갑하다

더 이상 견딜 수 없을 때 시詩라는 허물 하나씩을 뱉어냈던가

그때마다 남루한 세상이 조금은 환해졌던가

끝내 버티다 몸에 맞는 방 하나 깁고 깊은 꿈에 빠진다

나는 조만간 날개를 달 것이다

서정도 해체도 아닌

눈구름 참선 중인 선운사에 인파가 몰렸다
퍼붓는 눈은 서정주의인가 해체주의인가
발목까지 쌓인 눈을 뽀드득 짓밟으며 눈발 속에서
서정과 해체 사이를 우왕좌왕하던 사람들이 대웅보전으
로 든다
참과 허구 사이 오랜 방황 끝에 참선 쪽으로 기울었나
대웅보전 나서다 산 능선에 팔려 해체 쪽으로 헛딛는다
저 산 설경이 한 폭의 그림이라는 그는 서정주의고
저 유방산 땜에 허방 짚는다는 나는 해체주의다
여름내 초록 보궁 쪼아 대던 딱따구리는 해체주의였고
육자배기 가락에 작년 것만 상기한 것은 서정주였다
자본주의와 부화뇌동하는 사람들에 항거하듯
안거 아닌 칩거에 든 나는 서정은커녕 정서적이지도 못했다
퍼붓는 눈발 다 받아 내며 그지없는 동백 숲이야말로 적
멸보궁이다
헛되이 지었다 허무는 망상도 온갖 사념조차 고요롭게 잦
아든다
집에 오니 서정도 해체도 아닌 요지부동 생활고가 가부좌
틀고 있다

몽돌 수행

정도리 구계등 몽돌의 몸에는 나이테가 있다
끝없이 참아 낸다는 말없이 바라본다는
말들이 잘려 나간 나이테
바람 일렁이는 날이면 찰박찰박 아픔은 차오르고
맑은 날이면 썰물 진 저만치 몸 바삭대는 소리가 난다
거친 숨 한 모서리, 하염없는 기다림 한 모서리
모난 사랑도 이곳에선 둥글어진다
내 몸 속 사리舍利 하나 만들기 위해
밀물 썰물 부딪는 애틋함마다 정강이를 꺾는가
그리움의 뼈와 뼈 사이 적멸寂滅이 있다

제3부 파도가 펼치는 갑골문자

그래도 인생은

뛸 만큼 뛰었고, 가 볼 만큼 가 봤고, 누빌 만큼 누볐고, 느낄 만큼 느꼈고, 웃을 만큼 웃었고, 꿈꿀 만큼 꿈꿨고, 해 볼 만큼 해 봤고, 마실 만큼 마셨고, 취할 만큼 취했고, 그릴 만큼 그렸고, 벅찰 만큼 벅찼고, 버릴 만큼 버렸고, 믿을 만큼 믿었고, 참을 만큼 참았고, 견딜 만큼 견뎠고, 꺾일 만큼 꺾였고, 잃을 만큼 잃었고, 아플 만큼 아팠고, 올 만큼 울었고, 지칠 만큼 지쳤고, 쓰릴 만큼 쓰렸고, 곪을 만큼 곪았고, 버틸 만큼 버텼고, 삭힐 만큼 삭혔고, 클 만큼 컸고, 볼 만큼 봤고, 쓸 만큼 썼고, 건질 만큼 건졌고, 남을 만큼 남았고, 펼 만큼 폈고, 다할 만큼 다 했고, 누릴 만큼 누렸고, 숨을 만큼 숨었고, 비울 만큼 비웠고……

인도와 차도 사이

구순의 혈 잠재운다는 남근석이 도심 한복판에 서 있다
미니스커트 아가씨가 그 앞에 발길 멈춘다
신호등 붉은 생리혈에 발목 잡혀 초조하게 기다린다
사내가 오금이 저린지 한 발 내딛다 멈칫 물러선다
아낙이 쓰러진 경계석 넘어 황급히 건너가자 황색 불 깜
빡인다
아이가 횡단보도 건반을 텅텅텅 두드리며 따라 건넌다
저 리드미컬한 걸음을 삼키려는 구순狗脣
개의 입술이라는데 왜 남근으로 막느냐고는 묻지 마시라
그쯤은 옛 사람들의 지혜일 터이니!
기막히지 않나 인도와 차도 사이 엉겨드는 자리마다
저 위태위태 밤낮없이 견뎌 주는 남근들 좀 보라

질리쿠스 아쿠아투스*를 꿈꾸다 1

썩고 있다는 생각 떨칠 수 없었던 거다
PET/CT를 찍기로 했다
핵의학과에 들어가 눕는다
입구에는 질리쿠스 아쿠아투스 화석이 걸려 있다
일억 사천만 년 전 물고기의 생애가 투명하다
기계가 내 몸을 낱낱이 훑어 내린다
물고기는 어느 순간부터 이렇듯 누워 있었을까
중생대 백악기 니오브라라층에서일까
귓밥을 갉아 먹는 소리 점점 다가온다
찰박찰박 흔들어 대는 꼬리지느러미가 푸르다
해초를 헤치고 암모나이트를 스쳐 지난다
시리디시린 물속을 헤엄쳐 수심 깊이깊이 빨려 든다
푸아아! 더는 견딜 수 없어 솟구친다
여전히 물고기는 머릿속을 유영하고 있다
분명 투명 물고기가 찍혔을 게야
나는 의기양양 병원 문을 박차고 나왔다

* 질리쿠스 아쿠아투스: 경골어류 화석.

난시 약전

고교 시절부터 내 난시의 날들은 시작되었지

친구들은 안경 눈으로 더듬대는 날 재수 없다며 노골적으로 경계했어

불운한 눈알은 책가방 속을 나뒹굴다 책과 함께 펼쳐지곤 했지

내 시야는 난해할 밖에 강력한 유신 체제였으니까

국어 선생님은 이따위론 어림도 없다 교정을 요구했지

교정된 시각은 매우 안정적이었던가 심히 왜곡되었던가

하여간 진부한 난시 30년은 그렇게 흘러갔어

이제 다시 시작詩作해 볼까 책을 뒤적이는데 앞이 캄캄한 거야

원시라더군 시대착오적인 원시인이라니!

인정할 수 없어 돋보기를 들이대며 더 지독히 파고들었지

책에 파묻혀 살다 보니 세상과는 소원해지더군

세상이란 적당한 거리도 필요하지만 아예 발 뺄 수도 없는 거잖아

원시의 눈으론 어쩌지 못해 새파란 세태에 눈 번히 뜨고 당했지

그즈음 다초점으로 교정을 해 버렸어 선글라스식으로 말야

그제야 내 시야도 좀 색스러워지더군

일상과 이상, 세상과 시상詩想 사이를 자유자재로 넘나
드는 나

이래 봬도 다초점이야 내려다보기도 올려다보기도 순간
가능하지

한 20년쯤은 거뜬히 커버된다지! 정말이야

경락 맛사지사 미스 손

내 온몸은 그녀의 악기다
능숙한 솜씨로 온몸 구석구석 더듬는 그녀는 안단테 · 알레
그레토 · 비바체 · 콘푸오코…… 막힌 혈 찾아 가끔씩 포르차
토를 섞어 가며
희고 검은 나른한 권태까지 꾸욱꾹 짚어 나간다
경락 맛사지사 미스 손은 피아니스트

터트리지 못해 곳곳이 뭉치고 경직돼 버린 무의식의 욕망
덩어리들
두드릴 때마다 출처 모를 진혼곡 조 신음으로 터져 나온다
힘 좀 **빼세요**, 편안히 맡기세요를 연발하는 그녀
쥐뿔도 없는 것이 힘만 주고 살았던가

내 신경은 온통 탱탱한 피아노 줄이다
아무리 두들겨도 느슨해지지 않는 좀체 맑은 음 울리질 않는
조율이 엉망인 피아노
요즘 그녀에게 몸 맡기는 일 부쩍 잦아졌다

트랙의 법칙

유니폼이 돈다 일렬로 트랙을 돈다

하늘이 돌고 빌딩들이 돈다 빌딩 안의 사무실이 돈다

"어깨 내려" "더 낮춰" 코치의 고함이 돌자 어깨를 떨군 그가 돈다

"신발 끈 고쳐 묶어" 코치 고함 소리에 지친 끈이 어질어질 돈다

꼬마들의 자전거가 돈다 "여기는 인라인스케이트장입니다"

스피커 소리가 돌자 자전거가 우왕좌왕 돈다

"똑바로 신어" "빨리 나와" 다시 고함이 돌자 고개 떨군 헬멧이 돈다

깃발이 돌고 새들이 돈다 시청이 정부 종합 청사가 팽글팽글 돈다

어깨를 낮춘 유니폼이 돈다

'힘내라 힘내라' 자전거 타던 꼬마들의 응원이 돈다

손을 흔들어 주며 돈다 해가 져도 유니폼이 돈다

몸 낮추고 '끝까지 끝까지' 돈다 캄캄하게 하늘이 돈다

하늘광장

2인 자전거가 달린다 햇살을 가르며 남자와 여자가 페달을 구른다

핸들을 잡은 남자가 왼쪽을 바라보자 여자는 오른쪽으로 눈을 돌린다

남자는 왼쪽으로 꺾는데 여자는 오른쪽 붕붕카에서 눈을 떼지 못한다

2인 자전거가 달린다 손을 맞잡은 남녀가 달린다

여자가 손을 놓치고 나동그라진다 남자가 자꾸 뒤를 돌아본다

여자를 놓친 채 바람에 밀려 달린다 홀로 탄 2인 자전거는 비틀댄다

2인 자전거가 달린다 꼬마의 보조 바퀴도 달린다

붕붕카를 타던 아이가 자전거를 타겠다고 엄마 손을 끌며 조른다

엄마와 아이가 줄다리기를 한다 아이의 울음소리가 바퀴를 굴린다

2인 자전거가 달린다 여자가 앞에 타고 남자가 뒤에 탔다

햇살을 굴리고 바람을 굴린다 남자가 페달을 밟지 않으려 발을 내뻗는다

비틀거리며 2인 자전거가 사라진다 붕붕카도 꼬리를 보

인다

땅거미 밀려오고 달도 별도 총총총 페달을 밟는다

불온한 거리

둔산경찰서 옆 벤치에서 잠시 쉬려는데 핏물이 벌겋게
묻어 있다

불길한 생각에 서둘러 정부청사역 공원으로 갔다

가지런히 깎아 놓은 잔디밭에도 여기저기 핏자국이 배
어 있다

벚나무 단풍나무 아래도 느티사거리까지 핏자국이 선명
하다

심지어 을지대학병원 앞 수수 모가지는 피를 뚝뚝 떨구
기까지 한다

가슴 두근거리며 허겁지겁 들어간 샘머리 공원은 더 붉
디붉다

바람도 햇볕도 피를 토한다

정부 청사 모퉁이를 돌자 길바닥에 '페인트칠 주의'라 써
있다

붓 한 자루 꽂힌 페인트 통이 있다

군데군데 페인트 방울 우수수 떨어져 있다

아뿔싸, 지하도에서 졸던 거지 예수가 땀 뻘뻘 흘리며
누워 있다

가벼운 일상의 미학

아침 노을과 새소리에 자주 창문 열어젖히기

보도블록 사이에 핀 제비꽃을 오래오래 들여다보기

한 권의 시집을 들고 기차를 타기

가끔은 밤을 새워 파도 소리를 듣기

때론 집 떠나 가족들의 목소리 그리워하기

들고 다닐 수 있는 사소한 악기 하나 다루기

오래 잊힌 사람을 찾아가 불현듯 만나기

여의도에서

사공은 노를 젓는가 낡은 덴마*가 힘겹게 삐걱이며 표류
하고 있다
너와 내가 탄 이 배, 손가락만 한, 노좆**의 힘으로 그나
마 버티고 있음을
아는가 모르는가

보라, 만경창파 떠 있는 우리 어디에서 어디로 흘러가는가

* 덴마: 작은 전마선을 일컫는 말.
** 노좆: 배와 노를 연결해 주는 부위.

클로즈업

사랑이란 그 하나를 위해
주위의 모든 사물을 무음 처리 하는 것
그러다 또렷해진 그 하나로 인해, 한순간 세상이 온통 환
해지는 것

변산 가자

청심아 마실길 가자
하섬길 열리면 파도 소리 장단 맞춰 섬까지 걸어 보고
고사포 솔숲에서 모닥불 이야기꽃도 피워 보자
오늘은 어떤 깨우침을 주시려나 채석강
만 권의 책 더듬대다 우리네 인생처럼 끊어질 듯 이어지는
해안길 몇 굽이 돌면 꿈에 그리던 샹그릴라인가
운동장 끝자락이 파도이고 갯바위인 폐교 지나
가리비소원길에서 천진한 소원도 새겨 보겠지
나직한 지붕 위로 바다가 넘실대는 아름다운 해우소
그 아래 이어지는 오솔길 걷노라면 꿈결인 듯 펼쳐지는
갯바위와 모래톱
나무 그늘 작은 벤치에 앉아 파도 소리 들노라면
나폴리보다 소렌토보다 사랑스러운 곳
어릴 적 친구들과 꼭 다시 찾고픈 곳

청심은 이젤을 펴고 우리는 하염없이 앉아 파도가 펼치는
갑골문자를 읽으리니
유성아 마실길 가자

경상도 그 사내

아픈 데 없제? 하며 불쑥 나타났다가 아프지 마라! 한마디 던지고 사라져 갔던 그 사내

김춘수 유치환의 고향 통영 앞바다에 푹 절어 밤바다가 되어 버린 묵 같던 그 사내

달아공원을 걷다가 달맞이고개를 넘다가 때론 바닷가에 쭈그려 앉아, 뜬금없이 전화를 걸어 야야 몽돌 씻기는 소리 좀 들어 봐라 하던 그 사내

와 진작 못 만나쓰까 전라도 가스나, 아무렴 경상도서 전라도서 나고 살았기로 한 번쯤 스치지 않았겠나? 함 생각해 봐라 파도처럼 치근대던 그 사내

울산 아가씨를 구성지게 부르다가 춘향전 한 대목 불러 보라던, 선운사 입구 풍천장어, 육자배기 맛도 보고 질마재 너머 슬픈 목가牧歌도 들려주고 싶던 그 사내

좋은 시 많이 쓰라꼬 전화도 못 한다 아이가, 머리에 허옇게 서리꽃 피몬 페루나 함께 가자던 그 사내

마음의 물길 굽이굽이 흐르다 머무는 곳 화개장터 어디쯤에서 한 번쯤 같이 아침을 맞이하고픈 그 경상도 머시매,

거 맛있는 요리 좀 없을까요?

늦은 밤, TV에서 막 토론회를 시작하는데 가족들이 궁금하다네요

먹을 것을 만들까 하고 냉장고를 뒤적이는데 토론자들이 인사를 건넵니다

발그레하니 달콤한 당근 같은, 톡톡 잡냄새 없애는 양파 같은, 있는 듯 없는 듯싶은 감자 같은, 저 혼자 잘났다는 호박 같은, 가끔 빠뜨리지만 몸에 좋은 버섯 같은, 씹어야 맛인 고기 같은…… 토론자들

재료들을 도마에 놓고 잘게 썹니다

각각 볶다 큰 냄비에 한데 붓고 고루 저으며 소스를 끼얹습니다

소스가 중요합니다 소스에 따라 맛과 이름이 달라지니까요

자장이 되거나 카레가 되거나 얼큰한 볶음이 되기도 하지요

고정관념을 버리세요! 독특한 소스를 만들 수도 있을 테니까요

토론은 지지고 볶고 한창입니다만 누구도 자기 재료를 잘게 썰지는 않는군요 아무래도 한 냄비에 담기는 어렵겠네요

저런! 거무죽죽한 소스를 끼얹었네요 주는 대로 먹으라는 식

의 **뻣뻣한** 태도네요

　당근 맛 양파 맛 고기 맛…… 각각의 맛 살아 있으면서도
맛깔스러운, 새로운 요리를 맛보고 싶은데 말입니다

　정작 먹을 사람들의 의견은 무시되고 맙니다

누룽지 굽는 여자

압력솥이 시판된 이후 우리의 생각조차 물렁해졌다
고소하고 담백한 거 없을까 궁금할 때 누룽지가 생각났다
잘 구운 누룽지를 곰곰 씹다 들뜬 어금니를 만났다

전란을 겪지 않은 세대
한때 개혁을 부르짖다 인터넷 바다에 빠져 허우적댄다
좌우 방향도 모르고 깝죽대는 핑!핑! 도는 압력솥 세대
반지르르하니 물렁한 밥알 같다

누룽지를 먹자
바삭하고 맛있는 이념이라 해 두자
두텁거나 눅눅하면 맛이 없다
생각의 낱알을 얇게 펴고 약한 불에 느릿느릿 그을리다가

마침내 터득했다 찬밥 덩이로 누룽지 굽는 법을!
그대 너무 말랑해졌는가
……여기는 누룽지 시식 코넙니다
……맛있습니다 드셔 보세요

제4부 호러 베이커리

안개 신전

안개 속을 걷다 보면 붉은 꽃송이가 밟힌다
향기로운 피의 제단으로 이어진다
오르기 버거웠던 산도 황홀한 불빛도
칠흑의 어둠조차도 숨 막히는 안개
삶이 얼마나 지리멸렬했으면
기대지 못할 안개 벽이라도 붙들고 싶었을까
썩은 사과 속에 벌레가 몸 밀어 넣듯
안개에 갇힌 눈동자 안개로 밀폐된 입술을 더듬대며
그는 감감한 세상으로 헤엄쳐 나갔다
그가 꽃 피우고 싶어 안간힘으로 꼬물거릴 때
헤드라이트도 말간 속살을 갉아 먹고 있었다
그는 안개의 깊은 곳까지 더듬어 나갔으나
안개는 쉽사리 그 속내를 내비치지 않았다
일순간 빛의 작살이 꽂히고 버둥대면서도
거대한 안개의 실체는 끝내 볼 수 없었으리라
저 깊은 안개 속에서는 꽃송이가 밟힌다
누군가의 붉은 꿈이 떨어져 나뒹군다

흔들리는 육교

할머니가 아슬아슬 허공을 가른다
10차선 도로 위 질주하는 차량 위를 걷고 있다
조심조심 한 걸음씩 발을 내딛는다 다리가 휘청, 흔들린다
하늘이 기우뚱, 휘청거린다 깜짝 놀라 몸이 출렁거린다
순간,
이편한치과로 향하던 윗니 아랫니가, 노랗게 물들던 은행
나무 가로수가, 24시 불가마가, 카페 제우스 · 노아의 방주
가, 새로남 교회가, 초원 · 상록수 · 무궁화 아파트가, 만년
테크노월드가, 정부 종합 청사가……
기우뚱, 출렁거린다 출렁출렁 차들이 질주한다
출렁출렁 아이들이 인라인스케이트를 타고 달려간다
출렁출렁 사람들이 종종거리며 걸어간다
아무 일 아니라는 듯 공진하는 세상을, 할머니는 걸어갈
수 없다
아슬아슬한 허공에서 내려갈 수가 없다

질리쿠스 아쿠아투스를 꿈꾸다 2

거리는 썩고 있나 봐
나무가 누렇게 변했네 이런 변이!
은행나무가 끄으응 툭, 떨군 구린내 영락없는 똥이네
울그락불그락 막힌 데 참던 나무들이 쾌변을 쏟아 내네
찬바람 미혹에 누런 남루 벗으며 가진 것 다 내어 주네
묵언수행하는 나무들은 똥조차 향그럽네
우리네 역한 구린내와는 다르네
호두나무니 은행나무니 들먹이지 말라네
사람 두뇌 빼닮은 호두요
모진 풍파 꿰뚫는 은행나무 아니던가
오죽하면 구린내로 경계했으랴
버릴 거 버리지 못해 서성대는 내 등짝을 후려치네
돌아보니 뼈만 오롯하네

어디 백 없습니까?

난장판 벌였다

백 없는 사람들

기웃거린다 이 백이 좋은가 저 백이 좋은가 만지작거리다
어깨에 걸쳐 보고 튼튼한가 잡아당겨도 보고 얼마나 들어 줄
지 셈하기도 한다

번쩍번쩍 폼 나는 백 큼지막하니 든든한 백 날개를 퍼덕이
는 나비 백 초원을 내달리는 얼룩말 무늬 백 액막음은 단단
히 하겠네 팥죽색 백 아이구나 높으신 하늘님 하늘색 백……

길에서도 매스컴에서도 백이 어떻다고 야단법석인데

대체 백이 무엇이길래? 백백伯剖 백백백帛魄柏 백岾
백絈…… 지금 무엇을 고르시는가 내가 바라는 건 백白이라
네 빈둥거리며 배불리 먹고 살 수 있는

어쨌든, 그 좋다는 백이 오천 원이라니!

날개 돋친 듯 팔려 나간다

둥그렇게 모여 서서 맘 맞는 백 하나씩 골라들고 먼저 잡
은 게 임자라고 환하게 웃는다 멋지네요! 튼튼하네요! 있는
놈은 있는 놈끼리 어깨만 스쳐도 신바람 난다

누가 하늘색 백을 골랐는지 저만치 메고 간다

햇살이 그쪽으로 기우뚱, 하얗게 부서진다

초록 분재원

사내는 하루 종일 자르고 비트는 고문관이다

늙어 산자락에 자리한 이곳을 옛 직장으로 착각할 정도지만, 기술은 녹슬지 않아 손님이 쏠쏠히 찾아든다

오늘도 고문할 것들이 푸르게 쌓여 있다

마누라처럼 라디오는 저 혼자 앙앙거리고 사내는 수형을 가늠한 후 전기톱으로 팔다리를 쳐내기 시작한다

오늘따라 비명이 섬뜩하여 절규를 견디느라 재빠르게 해치워 버린다

이제 초록 옷 나풀대는 굵은 것 하나만 남았다

일찍 끝내고 쉴 요량으로 달려들어 직근을 잽싸게 날려 버린다 바들대는 굵은 가지들을 날려버리고 우듬지조차 날려 버린다

기품 있는 분을 찾아내 올려놓고는 몇 발짝 떨어져 살펴본다

라디오는 여전히 혼자 떠들고 있다

세계 문화유산 이과수폭포가 6개월째 흘러내리지 않고 있습니다 아마도 아마존 지역의 정글을 무차별 훼손한 때문이 아닌가 전문가들은 진단……

사내는 갸웃댄다 참 이상도 하지 영 토르소 같단 말야

숲의 왕

> 네미의 성소 안에는 꺾으면 안 되는 나무가 있었다.
> 오직 도망친 노예만이 그 가지 하나를 꺾을 수 있었
> 다. 가지를 꺾으면 사제와 결전을 벌여, 죽은 사제 대
> 신 '숲의 왕'이라는 칭호를 얻고 군림하였다.[*]

한 손에는 번쩍이는 낫을 들고
다른 손엔 겨우살이 나뭇가지를 꺾어 들고
오늘도 그는 적막한 숲을 배회한다
그의 일과는 밤나무 숲을 지키는 것이다
언제 도시의 노예가 나타나 목을 노릴지 모르니 말이다
산골에 틀어박혀 홀로 묵묵히 몇십 년째 숲을 지켜 온
그의 예감은 분명 아우가 다시 찾는다는 것이다
적의 칼날은 언제나 탄력적이다
오랫동안 발걸음도 안 하다 어느 날 불쑥 찾아와
펜션을 짓겠다며 땅을 내놓으라 으름장을 놓기도
비싼 값을 쳐주겠다 달래기도 한다
그는 도시의 망석중이를 경계할 수밖에 없다
사악한 것들은 어둠을 틈타 역사하는 법이지
밤마다 기웃대는 달빛조차 의심스럽다
백발을 쓸어내리며 하염없이 배회하다 다시 날을 세운다
내가 살아 있는 한 너희들의 주인은 나다!
아침 햇살에 황금빛으로 일렁이는 나무들을 향해
씩, 웃어 보이는 그의 이 빠진 낫이 번쩍 허공을 긋는다

[*] 프레이저의 『황금가지』에서 인용.

여의도 제비

번드레한 모양새 때문이었을까
마당에 물을 뿌려 진흙도 마련하고 헛간도 열어 주었다
우리가 틈을 내어 준 후 주객이 전도되었다
지지고 볶고 비비고 꼬고…… 욕구불만인가 의사소통인가
그들이 집 한 귀퉁이 차지한 날부터 평안할 날이 없다
파드닥거릴 때마다 흙먼지에 쿨럭댄다 똥 세례 받기도 일
쑤다
비행에 능숙하여 급회전과 급강하가 주특기인 그들
어찌나 잘난 척하며 비행만을 일삼는지 다리는 퇴화되었다
우아하게 펼치는 꽁지깃 쇼도 허약한 다리 때문임이 드
러났다
아무렴 그 멋드러진 깃털을 고르느라 떠들어 댈 뿐이라니!
해충을 잡아먹어 농사에 도움된다는 말조차 의심스럽다
농사고 뭐고 둥지를 헐어 버리자는 의견이 분분하다

시커멓게 떼지어 앉아 비리고 고리게…… 떠들어 대는 여
름 철새들
그들이 남긴 북풍한설, 뒤치다꺼리는 다 우리의 몫이다

아름다운 천국

A는 아름다운 눈을 가진 B가 부러웠다
A는 요염한 입술을 가진 C가 부러웠다
A는 고운 목소리를 가진 D가 부러웠다

어느 날 B의 눈동자, C의 입술, D의 목소리를 훔친 A가
세상에 나타났다 그처럼 완벽하게 아름다운 사람은 본 적
없다며 사람들은 박수갈채를 아끼지 않았다

B의 눈동자를 보고 사람들은 A의 눈동자를 떠올렸다
C의 입술을 보고 A의 입술을 닮았다 했다
D의 목소리를 듣고 A의 목소리를 흉내 낸다 했다

만고풍상 다 겪으면서도 맑은 눈동자만은 간직했던 B,
붉은 입술만은 간직했던 C, 그리고 고운 목소리만은 잃지
않았던 D…… 그들이 설 곳은 어디에도 없었다 그들은 쓸
쓸히 사라져 갔다

세상은 누군가만의 아름다운 천국

꿀떡 삼킨 동화[*]

호랑이는 잡식성이다
떡 하나 주면 안 잡아먹지
아직도 호랑이는 손을 내민다

호랑이는 법을 너무 잘 안다
그 덕에 법 무서운 줄 모르는 사람들

골목마다 호랑이가 어슬렁거린다
법 밑에 법 모르는 모자와 완장
법은 멀고 떡고물은 가깝다

조랑말 뛰노는 제주 어디쯤
거대 호랑이가 풀 뜯어 먹고 포효한다

호랑이는 채식주의자다
요즘엔 다이어트 중이지
호랑이 없는 세상이 좋기만 하던가

호랑이가 초원에서 즐기는 동안
골목마다 늑대 떼가 와글거린다

[*] 이상의 「지주회시」에서 인용.

93

누군가 오고 있다
―둔산선사유적지*에서

누군가, 누가 오는 것일까
차박차박차박 아침에서 깊은 밤까지
적막 속을 걸어 한없이 걸어
숨 가쁘게 우리를 밟고 지나가는 소리……
이마에 물결무늬를 새겨 넣으며
우리는 어디론가 끌려가고 있다

언제부턴가 하늘이라도 뚫린 듯
……먹고 먹히는……우울과 악몽……포효하는 온갖 차량
의 소음……가속에 찔려 더욱 질주하는…… 도심 한복판
　갈대 움집에 짐승의 털로 겨우 몸을 감싸고 눈 부릅뜬 채
돌도끼를 벼리는 원시의 일가족이 있다
　맹수의 울부짖음 끊이지 않는 입구 쪽에서, 매트릭스라
니! 한물간 거 아니냐고 크랩버거를 물어뜯으며 킬킬거리며
　세상은 이 손가락 끝에 달렸다고 장지를 들어 허공을 찍
어 보이며
　밤안개 속으로 사라져 가던 그 젊은것들…… 조차 가로질러

　처벅처벅처벅 모두 잠든 새벽녘에도
　고요 속을 걸어 한없이 걸어

순간이라는 이름으로 스쳐 지나가는 소리……
우리를 21세기 유적지로 끌고 가는
강물 뒤척이는 아으, 저 소리
누가 좀 꺼 주실 수 없나요!

＊ 둔산선사유적지: 대전시 월평동에 있는 선사시대 유적지.

암암리에 우리는

　누군가 사통팔달 쭉쭉 뻗은 촉각 밀어 넣는다
　말초신경마저 우회하는 음습한 골목 우리의 오늘과 내일
이 내밀하게 말려들고 있다

　가가호호 뻗어 온 가녀린 실핏줄에 코드를 꽂으면 로맨틱
라이프, 감미로운 음악이 흘러나온다
　창을 열면 소식을 물어다 주는 새, 메일
　꽃잎 속에 빨간딱지 살받이게거미의 매혹적인 몸짓 사랑
이라는 주술 없이도 화들짝 뜨거워진다

　송신탑 건너 그리움만으로 애를 태우는 환하게 빛을 머
금은 지표指標들
　벽에 설렁줄만 늘어뜨리고 틈새 기웃거리다 쭈글쭈글한
시간 다림질하듯 하르르 펼쳐진다

　쉿, 가만, 줄을 흔들어선 안 돼 허공 너머 팽팽한 욕망의
중심부 나선의 흰 띠 깊이 빠지지 않도록 조심해
　허나 거미의 무기가 그물뿐이라 생각하면 곤란하지
　놈의 엄니에 한번 물리면 살과 뼈가 녹아내려 쪼오옥 빨
리는, 그게 끔찍한 거지

>

어디에도 고단한 날개 깃들일 수 없어 신경증적으로 뾰족
뾰족 마음의 부리를 세워 본다
외출 중 메모리에 끊겨 버린 외로움의 허방다리 수신인을
찾지 못한 채 필사적으로 허우적거린다

날로 집요해지는 송신 전략들
정보에 떠밀린 우리에게 침을 찌르는 닷거미 바위틈에서
도 종소리 날리는 종꼬마거미……
환부호換符號와 해부호解符號 사이에서 발버둥 치면 칠수
록 속속들이 훑어 내린다

직립을 고집하던 우리 점점 휘어들며 야금야금 녹아내리
는 것이다 거대한 거미는 영혼까지 깊숙이 빨아들인다
누군가 싸개 띠에 둘둘 말려 헛껍질만 흐느적거린다

호러 베이커리

사막에도 봄이 왔다 밀이 익고 빵이 부푼다

부푼 얼굴들이 진열대에 가득하다 조리대에 널브러진 몸
은 해체되어 손과 발 부위별로 갈고리에 걸린다
수도사가 다리를 잘라 한 조각 입에 문다 채식주의자가
벌겋게 잘린 손을 뜯어 먹는다

키트 왓의 빵 가게에 시체 빵이 부푼다

TV를 보며 누군가 찰보리밥에 갖가지 나물 다진 고기를
넣고 참기름 듬뿍 뿌려 버얼겋게 버무린다
맛있게 퍼먹고 통통하게 부푼다

말라위 난민촌 아낙이 죽은 아기를 끌어안고 있다

멀리 설산을 등지고 독수리들이 날아오르자 잠시 휘황했
던 사막의 봄이 막을 내린다
떨어져 내린 꽃잎들이 얼굴이 되고 손이 되고 발이 되어
사방에 나뒹군다 차마 썩지 못해 푸릇푸릇 부풀어 오른다

비행의 도시

　도시가 비행에 관여한다고는 믿지 않았다 날개를 만드는
공장은 없으므로……
　거대도시가 형성되자 새들은 떠났다 언제부턴가 멀어져
간 그들이 천변이나 공원에서 떠돌았다

　추운 겨울에도 여름 철새인 그들이 왜 도시를 지키는가
왜 가리, 깊지 않은 수심에 발 담그고 능청스레
　정지의 몸짓으로 일순! 물고기 찍어 올리는 서슬 퍼런 저
눈빛 그들을 자라게 한 도시 조준하고 있다

　공원 구석 삼삼오오 아이들의 비행이 드러났다 세상을 너
무 일찍 보아 버린 미성년美性年
　무리지어 서로를 찍어 내는 살얼음판 아래 강물은 수심
깊다 왜 때 이른 날개를 펼쳐 가볍게 추락하려는가

　철새와 아이들의 비행은 도시의 수질과 관계가 깊다 여기
저기 쏟아 놓는 배설의 구멍들……
　밤낮없이 성스러운 폭력에 숨죽여 누울 때 안개와 밀약한
우리의 비행을 저 강물은 알고 있다

바람 장어*

찬바람 불거든 강 하구에 나가 보라
바람 장어, 어디 들어 보기나 했던가
온몸 쇠처럼 두들기고 칼처럼 벼린 놈 말이다
누가 삶의 길목에 둑을 쌓은 것인가
생사 걸고 처절하게 솟구쳐 오르는 장어들의 성어식成魚式
용기백배 뛰어넘으면 와락, 뜨거운 석쇠인 것을
망망한 세상 향해 목숨은 넘나든다
그래 성어식엔 박수 대신 목구멍이 기다리는가
어차피 건 목숨 너 잘 만났다
정력에 좋다면 넋을 놓는 사람의 구멍은 깊디깊다
강가에서 바람 장어를 못 만났다면 등잔 밑을 보라
아이들이 옥상에서 몸을 날린다

* 바람 장어: 풍천 장어.

100

우포늪에서

우리는 한 마리 새이며 늪이었나

어둠이 온통 뒤덮고 있는 아직은 미명
적막하게 떠억 벌리고 있는 검은 아가리로 웅크리고 있었
다 날개 한번 제대로 퍼득이지 못했다

캄캄한 물거울 가만 들여다보면 바람결에 쓸쓸하게 휩쓸리
는 눈 뚱그렇게 뜬 것 빤히 올려보고 있다
더 멀리 에돌아 흐를 것도 없다 그래 영영 맴돌다 묻혀 버
리자는 건가
단 한 번만이라도 박차고 날아오를 수는 없을까 갸웃거린다

늪에 산다고 다 늪에 죽는 것은 아니다
희부윰한 새벽안개 속을 느닷없이 홰치고 날아오르는 새
떼들…… 그러나 질커덕! 무엇인가 발목을 붙든다

먼저 날아간 새 지상으로 돌아온다
치솟고 싶은 새는 갈대를 뒤흔든다

썩고 있네

어머니, 썩은 내가 진동해요 온통 썩고 있어요

골방 문 열어젖히면 순식간 덤벼들어 목을 조르는 독하디독한 내가

지하 계단을 내려가면 기가 칵 막혀 토해 버리고만 싶은 썩은 하수도 내가

더 내려가면 속이 폭삭 곪아 툭툭 터져 나오는 피고름투성이 내가……

더는 견딜 수 없어요 그만 밀어 넣어요

아버지는 죽으면 썩을 몸 아끼지 말라시고

어머니는 걸핏하면 썩어 문드러진다고 하시죠

이렇듯 살아 숨 쉬는데 대체 왜 썩는다는 거예요?

그만 좀 하세요 더는 못 참겠다구요

썩어 문드러져야 푸르고 환한 붉가시나무 하나쯤 키울 수 있다는

그런 어머니는 이미 죽었잖아요

한 번이라도 향그럽게 살도록 제발 이 지하방에서 나가주세요 어머니!

성, 무지개, 아폴리네르

쭈우욱 뻗은 다리

오뉴월 땡볕에 후끈! 달아오른 다리

긴 머리 나풀거리며 아가씨 쓸쓸히 지나가도

따라갈 수 없는 다리

비가 와도 바람 불어도 서 있는 다리

한 번쯤 두드려 보고 싶은 다리

몸과 마음 이어 주지 못하는 다리

그래도 도강하는 다리

깊푸르게 길의 끝 그리워하는 다리

버거워도 견뎌야 하는 다리

벌벌 떨고 있는 다리

언젠간 무너질 수밖에 없는

다리

제5부 앵두나무 울타리 집

사원에 들다

쥐똥나무 향기 끌려 숲으로 갔네
앞서간 이 좇아 끝없이 갔네
올라도 올라도 닿지 못할 나무뿐
울창한 숲 그늘에 덩그렁 나 혼자뿐이었네

하늘조차 보이지 않고 어둑어둑했네
시푸른, 거대한 고요가 두려워 주저앉고 말았네
무릎 사이에 나를 처박고 울었네

어디선가 나직이 사운대는 소리
수많은 벌레들 낙엽 아래 살고 있네
공중에는 자벌레들
여기저기 줄 늘어뜨리며 길을 내고 있네

오랫동안 몸 낮추는 거
뒤돌아 가는 거 잊고 살았네
일어나 뒤돌아 길을 내려왔네

어둠 짙도록 아무도 만날 수 없었지만
더 이상 버둥거리지 않았네

숲을 빠져나와 아득한 시간 속을 꼬물거릴 때
저 멀리 아른대는 마을의 불빛들

내 어깨 위로도 하나둘 별이 돋았네

시인과 농부

밤낮없이 책만 끼고 앉아
시詩들시들 게으르다 하시는 아버지
성화에 끌려 땅콩밭으로 나간다

한여름 땡볕은 고소한 맛인가 보다
아버지 그늘도 고소했던가
조금씩 까슬해지며 야물어진 햇볕을
맛있게 파먹은 흔적을 본다

굼벵이의 짓이라고 힘을 주시는 아버지
나는 어둠을 부풀려 쩌렁쩌렁 한 세상 울리는
그중 게을러 서릿발 뚫고 절창을 뽑아낼
늦털매미를 생각하는 것이다

흙과 햇살로 바지런히 땅콩 빚으시는
굼벵이가 느릿느릿 노래가 되는
후미진 밭이랑 사이에서

앵두나무 울타리 집

뒤란에는 아버지가 심은 앵두나무 울타리와 몇 그루 과
목果木들 무성했다
앵두꽃 지고 감꽃도 지고 앵두나무 핏물 뚝뚝 떨구었다
밤마다 하늘을 보면 큰곰자리 별은 어디로 숨었나
바리봉만 터억 하니 숨통을 조여 왔다
쟈가 머시매였으믄 주저앉지는 않았을 껀디…… 고샅
길 휘도는 뒤통수에 끈적끈적 거미줄 엉겨 붙었다
짙은 화장기에 향수 내 폴폴 날리던 춘자를 떠올리며 앵
두나무 그늘에 개밥 그릇 하나 쭈그러져 있곤 했다

더 이상 큰곰자리는 찾지 않았다
창문과 창문 사이 거미줄만 늘어 갔다
가끔씩 꿈에 개밥바라기가 보이곤 했다

집 안에 있는 온갖 약봉지들 풀어헤쳤다
이름도 알 수 없는 알약들 한 주먹 집어삼켰다
앵두나무 분홍 꽃잎 화르르 날리는 미친 봄날 하얀 무명
옷 갈아입고 가지런히 누웠다
문득 누군가 이마를 짚고 있었다 사흘 낮밤 말을 잃었다
무기력한 눈빛 속에서 나는 새가 되지 못하고 어둠을 끌

어안고야 말았다

　웅숭깊은 그늘 탓이었다

　혼곤하게 가벼운 오늘 파드득 깃 치고 싶은데 아직도 내
이마를 짚고 있는 앵두나무 울타리

누에의 방

어둑한 골방에선 비릿한 애벌레가 꼬물댄다
근질거리며 점점 부풀어 오른다
가슴 두근거리고 졸음 쏟아진다
왜 자꾸 시푸른 그늘에 숨고만 싶던가

젖봉오리 돋던 그해, 한 마리 애벌레가 웅크린 건넌방에
고보시* 공장이 들어섰다
　또래 계집애들 명주 천의 그림을 동여매고 있었다
　염색 솥에 넣어도 물들지 않는 뽀오얀 문양을 그려 내기
위해 고치를 만들었다
　하얀 명주 천에 핏빛이 덧칠되어도 얼마나 꽁꽁 동여맸던
가 손톱 끝은 옴폭 이가 빠져나갔다
　라디오 소리에 맞춰 유행가 따라 부르며 바쁘던 손동작,
도회지로 유학 간 오라비의 학비가 되기도 어린 동생들 자
라게도 했다
　그렁그렁 비라도 내리는 날이면 애잔한 가락에 끌려, 책
덮고 문틈으로 엿보던 그 방

덜 여문 제 몸 처매어 고치를 만들었던가
자꾸 나앉으려는 꿈을 포개어 번데기처럼 들어앉아

뽀얗고 동그란 문양 하나씩 그려 냈던가

얼마쯤 지나면 하나둘 지워지곤 했다

누구도 행방을 묻지 않았다

가로등 아래서 파닥이던 그 나방들

매캐한 골방에선 아직도 애벌레 한 마리 꿈틀, 돌아눕는다

• 고보시: 비닐을 대고 천을 묶어 하얀 문양을 내는 염색 기법 중의 한
가지. 70년대 일본에 수출하기 위해 이런 종류의 가내수공업이 활발
하였다.

금계포란金鷄抱卵[*]

빈계산을 오른다
아랫마을에서 장닭 소리 우렁차다
암탉 운운하며 아비의 밥상은 나동그라지곤 하였지
걸음마다 옛 기억들 새록새록하다
빈곤한 밥상머리는 가도 가도 끝없는 벼랑이었지
어미는 벼랑 끝에 레그혼으로 양계장을 꾸렸지
희디흰 날개 아래 오 남매를 끌어안고
궁둥이를 씰룩거리며 뽀얀 알을 낳고 또 낳았지
저 돌탑처럼 아슬한 계란판을 이고 팔러 가곤 하였지
어미의 계곡에도 언뜻언뜻 파란 하늘이 비쳤을까
짓궂은 바람은 뭉게구름을 궁굴리고
주름투성이 얼굴조차 일그러트렸겠지
어미가 늦도록 돌아오지 않는 저녁이면
나는 어린 동생들을 위해 닭 모가지를 비틀었지
찜 쪄 먹고 고아 먹은 어미는 참 맛있었지
작달막한 키에 배불뚝이 가릉빈가로
내 마음의 구리거울에 새겨진 어머니
오늘은 울창한 품 열어 푸근히 감싸안는다
이제 막 알을 깨고 나온 듯
고단하게 움츠렸던 어깻죽지가 활짝 펼쳐진다

* 금계포란金鷄抱卵: 금닭이 알을 품은 형국을 말함.

편벽한

피사의 사탑 기울기는 5.5도
내 마음 기울기는 몇 도쯤일까

황새 발 너를 따라가다 황급히 따라가다 뱁새 발 내 신발
은 한쪽으로만 닳고
너 때문이라고 불평하는 만큼 결코 나란할 수 없는 내 어
깨는 삐뚜름하다

남의 눈 티끌만 보는 심보만큼 내 눈의 들보로 발등 찍혀
기우뚱거린다
하늘도 땅도 차츰 기울더니 어제의 태풍 근심에 휘우뚱 더
기울어져 늙어 빠진 당산나무처럼 꾸부정하다

뜨고 지던 미련의 빗낱 장대비로 질척거려 이 몸을 어디에
누일꼬 끙끙거리다
몰캉몰캉 실리콘 발가락 교정기 사다 꽂고 올곧은 세상이
라 휘휘 활보해 봐도

세상 기울기는 하늘 기울기는 마음 기울기는
여전히 왼손 글씨처럼 삐뚤 빼뚜르름

시답잖은

사람들이 무서워요
호랑이 발톱, 늑대 발톱, 매의 발톱을 숨기고
웃으며 다가오는 세상보다, 네가 무서워요

박쥐처럼 동굴로 숨어요 거꾸로 매달려 살려구요
누구는 검은 망토를 걸치래요
빨강 망토를 입고 거꾸로 매달리면 안 될까요

노래를 부르고 싶어 우쿨렐레를 샀어요
옹이가 박이도록 연습해 우쿨렐레 연주는 되는데
음치라 끝내 노래는 못 불러요

할로윈 인형을 만들어요
붉은 망토를 걸친 박쥐 문양 옷이에요
박쥐가 지팡이를 짚어요 날개는 왜 달았을까요

친구들이 우쿨렐레와 인형을 번갈아 보며
시詩답잖은 짓 한다며 비웃어요
우쿨렐레는 버리고 인형은 팔아 치우래요

>
친구들이 무서워요
호랑이 눈, 늑대 눈, 매의 눈으로 노려보며
키득거리는 세상보다 친구보다, 내가 무서워요

2
소아암 걸린 아이가 무균실에서 인형을 꼬옥 껴안고 있는 걸 봤어요
장애를 가진 아이가 닮은 장애가 있는 인형을 가진 후 밝아졌다네요
때려치우려던 인형 만들기에 꿈이 생겼어요

고상한 생존

집 앞 솔숲에 노오란 꾀꼬리 한 쌍
청량하게 노래를 부른다

내 귀가 소나무 꼭대기에 걸리고
걸음 동동 하늘을 구른다

갑자기 흑백의 까치 떼가 몰려와
꾀꼬리를 둘러싸고 깍깍거린다

이 나무 저 나무 피해 다니다
한 마리는 날아가고

홀로 숲을 내려다보던 한 마리도
두 손 들듯 날개를 펼친다

세상이 고요해졌다
적막강산이다

치부를 드러내다

떡갈나무 아래 널브러져 있노라니
파리가 가슴팍에 앉아
얼굴을 빤히 들여다본다

거죽은 멀쩡해 보여도
속은 썩은 내를 풍기누나
가엾다 혀라도 끌끌 차는 눈치다

말의 송곳에 찔린 가슴
세상에 덴 화상 꽁꽁 싸매 두니
덧나고 뭉그러졌을 터

가끔은 약보다 더 좋은 약이 있다
떡갈나무 아래 누워 바람과 햇볕에
상처를 펼치고 말리는 중이다

농남물* 빨래터에서
—강가에 오막집

졸졸졸 흐르는 용천수로 손빨래를 하다가
나도 이제 원시인이 되어 가나 생각하다가

원시에는 물 있는 곳에
험한 짐승들 모여들어 위험했으려나 싶다가

사이좋게 마시며 친구이다 어느 날
물어뜯겨 쓰러지며 적인 줄 알았으려나 싶다가

부질없는 생각 깊어 피범벅 흉한 상처가
말갛게 씻기는 줄도 몰랐네

• 농남물: 제주 화순금모래해변에 있는 용천수.

가죽나무 어머니

어머니의 구십 년 된 가죽나무에선
아직도 딱따구리 나무 쪼는 소리가 울린다

허리 꺾여 코가 땅 닿을 듯한 가죽나무에 매달려
붉은 꽁지를 까불대며 가슴을 쪼는 자식들
어제도 오늘도 가죽나무 살점을 쪼아 먹고는
휘황한 네온사인을 좇아 날아가 버린다

평생 웅크렸던 통장도 구멍으로 뚫리고
이제는 추수를 해도 채워지지 않는 곳간처럼
웅숭깊은 가슴엔 공허한 바람만 휘돌 뿐이다

비 내리던 어느 날 구멍의 무게가
아름드리나무를 주저앉혔다
고관절 수술 후 문병 온 봉투까지 뚫었어도
딱따구리들은 결코 가죽나무에 둥지를 틀지 않았다

오랜 비바람이 벗어 놓은 허물인 듯
땅 딛고 설 힘조차 잃은 가죽나무 한 그루,
오늘도 사립문 쪽으로 귀 열고 쓰러져 있다

고비에서

그 누구도 자신조차도 사랑하지 않으며
면벽 십수 년을 살았든가
고비, 고비에 이르러서야 알았다
모진 태양과 바람이 바위 마음 깨트려 자갈밭 이루었음을
나무 한 그루 키우지 못할 거친 땅이었음을

바람아 불어라
사막의 뜨거운 바람 불어라
미처 다 바스러지지 못한 이 자갈 마음
이제라도 섞이고 부대끼어 차디찬 가슴 붉게 달구어
저 명사산 모래알로 바스러져야겠구나

사랑은 아껴 아껴 커지는 것이 아니라
자꾸자꾸 나누어야 커지는 것이더라
작은 모래알이 사막의 거대한 모래언덕을 이루듯
사랑도 한 알 한 알 작은 것들이 모여 위대해지더라

바람아 불어라
거센 비바람으로 불어라
모래알보다 더 부스러져 옥토가 될 때까지

황량한 가슴 한편 월아천 푸르름이 돋을 때까지
사나운 눈물 비바람 몰아쳐 다오

이제 사랑한다고 함부로 말하자

국지성 호우

날이 화창합니다
어디서 누군가는 비에 젖고 있을까요

폭우가 쏟아집니다
삭신이 쑤시고 머리가 아픕니다
당신은 지금 안녕하십니까

내가 비를 맞아야 당신의 날이 화창하다면
나는 천 일이라도 족히 비를 맞겠습니다

혹여 내가 너무 활짝 웃어
당신의 날이 궂은 날이 될까 봐
조심스레 웃는 습관을 만들어 갑니다

당신의 날이 화창합니까 염려 마세요
나는 사막을 걷다 비를 만납니다

사과주 한잔 어떠신지

뻔뻔한 놈의 세상에 침 뱉고 문 닫아건 십여 년이다
한잔하자는 친구조차 박대하니 더덕 한 상자를 보내왔다
뻔뻔한 얼굴들 실린 신문지 펼쳐 놓고 더덕을 손질한다
까슬하니 어찌나 낯가죽 두꺼운지 다루기 까다롭다
닥치는 대로 타고 오르던 더러운 한 꺼풀 벗기고 보니
거참, 때깔 한번 곱기도 해라! 군침이 돈다
조급하게 속살 가르려니 비끗대며 칼날 박히지 않는다
오만불손 뻣뻣한 것들은 다 나와라 방망이 조곤조곤 휘
두르니
향내 물씬 풀어 헤치고 가슴속 파고든다
나는 누구에게 왼뺨이라도 내어 준 적 있던가
세상에 나긋나긋 향기로워 본 적 있던가
온갖 양념 범벅으로 불구덩이 석쇠에 오른 것은 정작 나
였다

사과주 마침맞게 익었네 더덕구이와 술 한잔 어떠신지
기다리고 있겠네

곰나루 연가
—기다림[*]

강가에 오막집 하나 짓고 세상 모르고 살고 싶소
바람 드센 날이면 쪽문을 열고 강 건너 풍경 건너다보려오
햇살 맑은 날이면 언덕에 올라 오지 않을 사람을 기다리려오

강가에 오막집 하나 짓고 세상 잊은 채 살고 싶소
찾는 사람 없어도 사랑의 기억 한 올씩 길러 쪽을 올리고
그대가 그리우면 별을 보려오 강물 따라가며 노래하려오

* 〈기다림〉: 2005년 가곡으로 작곡되어 불려졌다. 허미경 작곡, 강연종
  노래.

성찰적 시 쓰기를 통해 가닿는 존재론의 미학
—조현숙의 시 세계

유성호(문학평론가, 한양대학교 국문과 교수)

1. 삶의 경이를 선사하는 '존재의 집'

조현숙 시집『붉은 도마뱀 열차를 찾아』(천년의시작, 2024)는 오랜 기억을 새롭게 구성하면서 그것을 미학의 극점으로 끌어올리는 에너지로 충만한 화첩畫帖으로 다가온다. 원래 서정시는 자기 표현 발화를 통해 시인 스스로의 경험과 의식을 드러내는 법인데, 이때 시인의 경험과 의식을 구축하는 것은 시인이 직접 겪은 원체험原體驗일 것이다. 모든 시인은 자신의 원체험을 끊임없이 변형하면서 자기동일성을 확보해 가고, 나아가 그 변형의 폭과 너비를 가장 중요한 서정의 원리로 삼는다. 그것은 가장 구체적이고 경험적인 언어를 길어 올리는 순서이자 방법이 되며, 몸과 마음 깊은 곳에 숨겨져 있는 존재론적 토양이 되어 주는 것이다. 그만큼 서정시는 원초적 존재론의 양상을 다루면서 독자들로 하여금 오랜 시간의 원리를 따라 삶의 근원에 대한 경험을 치르게끔 해 준다. 조현숙의 시는 스케일 큰 상상력으로부터 미세한 사물의 움직임에 이르는 경험을 다양하게 담아냄으로써 이러한 서정의 원리를 가장 개성적으로 충족해 가는 세계로서 우뚝하다.

또한 조현숙 시인은 남다른 진정성의 언어를 이어 가면서 그 언어로 하여금 보편적 삶의 원리에 대한 성찰로 이어지게끔 한다. 그는 우리가 지나치기 쉬운 근원적 힘에 대해 사유하면서 민활한 감각을 통해 시적 밀도를 충실하게 채워 가는 시인이다. 그의 시에 나타나는 인간, 시간, 공간은 시인으로 하여금 운명적으로 주어진 언어적 사제司祭로서의 직임職任을 수행하게끔 해 주는데, 그 점에서 그의 시는 삶을 환하게 밝히면서 우리의 사유와 감각을 새롭게 하고 삶의 경이를 풍요롭게 선사하는 '존재의 집'으로 맞춤하다. 이제 이러한 성취를 거두고 있는 세계 안으로 천천히 들어가 보도록 하자.

2. 사물들의 감각적 복원과 의미 실현

조현숙에게 '시詩'란 일종의 경험적 시간예술이자 존재 예술이다. 시공간의 층과 폭을 경쾌하게 횡단하면서 새로운 언어적 경험을 건네는 그 언어예술은, 시공간의 흐름을 둘러싼 존재론에 대해 지극한 관심을 선사하는 데 손색이 없

다. 또한 그의 시는 시간의 흐름을 담으면서도 변치 않는 원
초적 가치들을 노래함으로써 이러한 변화에 저항하기도 한
다. 이렇듯 남다른 개성과 보편성을 결속하면서 그의 시는
한 편 한 편 쓰인다. 이때 그의 경험과 의식은 서정시의 양
식적 본령을 드러내 주는 실천의 장場으로 나타나게 되며,
우리는 거기서 구체적 시공간에 담긴 그만의 서정적 기품을
만나 보게 된다. 다음 작품을 먼저 읽어 보자.

> 정도리 구계등 몽돌의 몸에는 나이테가 있다
> 끝없이 참아 낸다는 말없이 바라본다는
> 말들이 잘려 나간 나이테
> 바람 일렁이는 날이면 찰박찰박 아픔은 차오르고
> 맑은 날이면 썰물 진 저만치 몸 바삭대는 소리가 난다
> 거친 숨 한 모서리, 하염없는 기다림 한 모서리
> 모난 사랑도 이곳에선 둥글어진다
> 내 몸 속 사리숨利 하나 만들기 위해
> 밀물 썰물 부딪는 애틋함마다 정강이를 꺾는가
> 그리움의 뼈와 뼈 사이 적멸寂滅이 있다
> —「몽돌 수행」 전문

이 짧고 단아한 작품은 몽돌이 품고 있는 오랜 시간에 주
목하면서 그 안에서 삼라만상의 존재 원리를 탐구해 간 결
과이다. 시인은 "정도리 구계등 몽돌"의 몸에서 나이테를
발견하면서 몽돌의 생애가 말없이 참아 내면서 지켜 낸 "말

들이 잘려 나간" 시간을 생각해 본다. 거친 숨과 하염없는 기다림 속에서 살아왔을 이 "모난 사랑"이 오랜 세월 속에서 둥글어진 과정을 소환하면서, 시인은 몽돌의 시간 속에서 "사리舍利 하나 만들기 위해" 애틋함과 그리움으로 살아온 스스로의 시간을 겹쳐 놓는다. 이 모든 것이 "뼈와 뼈 사이 적멸寂滅"을 이루어 낼 수행의 결실로 도약하고 있는 것이다. 이처럼 사물 속에 깃들인 오랜 시간을 유추하는 시인의 감각과 사유는 "찾는 사람 없어도 사랑의 기억 한 올씩 길러"(「곰나루 연가」)내는 수행성을 가지면서 궁극적으로는 "시간조차 정지한 듯한 푸른 고요"(「카 레이스 바캉스」)에 가닿고 있다.

집 앞 솔숲에 노오란 꾀꼬리 한 쌍
청량하게 노래를 부른다

내 귀가 소나무 꼭대기에 걸리고
걸음 동동 하늘을 구른다

갑자기 흑백의 까치 떼가 몰려와
꾀꼬리를 둘러싸고 깍깍거린다

이 나무 저 나무 피해 다니다
한 마리는 날아가고

홀로 숲을 내려다보던 한 마리도
두 손 들듯 날개를 펼친다

세상이 고요해졌다
적막강산이다

—「고상한 생존」 전문

이번에는 솔숲에서 노래하는 "노오란 꾀꼬리 한 쌍"이 주
인공으로 등장한다. 시인이 귀를 나무 꼭대기에 걸어 둔 채
하늘에서 걸음을 동동 구르고 있을 때, 까치 떼가 몰려와 깍
깍거리자 꾀꼬리 한 마리는 날아가고 다른 한 마리도 홀로
숲을 내려다보다가 날개를 펼친다. 까치의 난데없는 울음
소리에 꾀꼬리 한 쌍이 헤어지고 세상은 그야말로 적막강산
으로 고요해지는 과정이 펼쳐진다. 그렇게 날개를 펼치며
"고상한 생존"을 택한 새의 모습에서 시인은 "신기루뿐일지
라도 끝내 걸어야만 하는"(「붉은 도마뱀 열차를 찾아」) 세상을 살
아가는 생명의 엄연함과 고귀함을 깨닫게 된다.
　이처럼 조현숙 시인은 자연 사물에서 오랜 시간과 고귀
한 생명력을 느끼는 과정을 담아 간다. 일상에서 만나는 경
험적 실감을 정성스럽게 언어적 화폭에 담아내면서 동시에
감각만으로는 알 수 없는 생의 비의秘義를 읽고 있다. 또한
시인은 세상이 어울려 있는 삶의 화음和音을 들으면서 살아
있는 것들의 기운을 느끼고 있으며 역동의 고요를 통해 사
물의 본질로 잠입하는 과정을 쉬지 않는다. 거기서 우리는

언어를 넘어 존재하는 소리를 들으면서, 자신의 감각을 사물에 의탁하여 절실한 경험으로 가닿게 된다. 그의 시는 이렇듯 미세한 경험이 숨 쉬는 순간을 가져다주고, 서정시가 개인적 경험의 산물이면서 동시에 가장 보편적인 삶의 이법理法을 노래하는 양식임을 알게끔 해 준다. 근원적 감각을 통해 사물들의 감각적 복원과 의미 실현에 크게 기여하고 있다.

3. 시가 가닿는 '신전'과 '사원'의 형상

다음으로 조현숙 시인은 삶의 심층에서 울려 나오는 존재론적 성찰에 이르고 있다. 그가 들려주는 존재론의 지평은 참으로 넓고 아득한데, 이를테면 삶의 이법을 탐구하면서 그는 자신의 실존적 깨달음을 중요한 음역音域으로 들려준다. 군더더기 없는 형식에 정제된 사유가 담긴 결실을 보여준다는 점에서, 그는 서정시가 한낱 외장外裝에 그치는 것이 아니라 내면의 흐름을 반영하는 양식임을 증명해 간다. 근원적 질서에 대한 갈망, 인생론적 세목에 대한 재현의 방식을 택하면서 삶의 근원적 깨달음에 이른다. 이러한 과정을 통해 시인은 존재 전환의 꿈을 꾸고 그때 생성되는 울림과 떨림을 통해 한없이 아름다운 외경畏敬의 느낌을 파생시킨다. '시인 조현숙'의 사유와 감각이 단연 빛을 발하는 순간이 아닐 수 없을 것이다.

안개 속을 걷다 보면 붉은 꽃송이가 밟힌다

향기로운 피의 제단으로 이어진다

오르기 버거웠던 산도 황홀한 불빛도

칠흑의 어둠조차도 숨 막히는 안개

삶이 얼마나 지리멸렬했으면

기대지 못할 안개 벽이라도 붙들고 싶었을까

썩은 사과 속에 벌레가 몸 밀어 넣듯

안개에 갇힌 눈동자 안개로 밀폐된 입술을 더듬대며

그는 감감한 세상으로 헤엄쳐 나갔다

그가 꽃 피우고 싶어 안간힘으로 꼬물거릴 때

헤드라이트도 말간 속살을 갉아 먹고 있었다

그는 안개의 깊은 곳까지 더듬어 나갔으나

안개는 쉽사리 그 속내를 내비치지 않았다

일순간 빛의 작살이 꽂히고 버둥대면서도

거대한 안개의 실체는 끝내 볼 수 없었으리라

저 깊은 안개 속에서는 꽃송이가 밟힌다

누군가의 붉은 꿈이 떨어져 나뒹군다

—「안개 신전」 전문

시인은 안개를 '신전神殿'에 비유하고 있다. 안개 속에서 발견한 "붉은 꽃송이"는 향기로운 피의 제단으로 이어진 '신전'을 바라보게 해 준다. 안개는 산도 불빛도 어둠조차도 숨 막히게 했고, 지리멸렬한 삶에서 "기대지 못할 안개 벽"까지 붙들게 해주었다. 하지만 안개가 눈동자와 입술을 가두

었을지라도 세상으로 한 발씩 옮겨간 '그'는 그렇게 안개의 깊은 곳까지 나아간다. 하지만 안개는 속내와 실체를 드러내지 않는다. "일순간 빛의 작살이 꽂히고" 안개 속에서 밟히는 꽃송이에서 "누군가의 붉은 꿈"이 떨어져 나간다. 그렇게 "안개 신전"은 "봉인된 어둠들 통과하기 위해"(『계림을 두드리다』) 나섰던 누군가에게 붉은 꽃의 매혹을 선사하는 불투명의 신전으로 화한다. 그리고 그 '신전'은 "빛이 휘황할수록 당신 뒤 어둠이 깊다는 걸"(『우리 여기, 암흑 식당』) 이렇게 선명한 이미지로 알려주고 있는 것이다.

쥐똥나무 향기 끌려 숲으로 갔네
앞서간 이 좇아 끝없이 갔네
올라도 올라도 닿지 못할 나무뿐
울창한 숲 그늘에 덩그렁 나 혼자뿐이었네

하늘조차 보이지 않고 어둑어둑했네
시푸른, 거대한 고요가 두려워 주저앉고 말았네
무릎 사이에 나를 처박고 울었네

어디선가 나직이 사운대는 소리
수많은 벌레들 낙엽 아래 살고 있네
공중에는 자벌레들
여기저기 줄 늘어뜨리며 길을 내고 있네

오랫동안 몸 낮추는 거

뒤돌아 가는 거 잊고 살았네

일어나 뒤돌아 길을 내려왔네

어둠 짙도록 아무도 만날 수 없었지만

더 이상 버둥거리지 않았네

숲을 빠져나와 아득한 시간 속을 꼬물거릴 때

저 멀리 아른대는 마을의 불빛들

내 어깨 위로도 하나둘 별이 돋았네

　　　　　　　　　　　　　—「사원에 들다」 전문

　이번에는 '사원寺院'이다. 시인은 쥐똥나무 향기에 끌려
숲으로 간다. 비록 앞서간 이를 따라갔지만 울창한 숲 그늘
에는 혼자만 있었다. 하늘조차 가려진 숲에서 "시푸른, 거
대한 고요"가 깃들이고 시인은 두려움에 울음을 터뜨린다.
어디선가 나직이 사운대는 소리가 들리고 벌레들이 공중에
길을 내는 곳에서 시인은 몸을 낮추고 뒤돌아 가야 하는 삶
의 불가피한 이치를 떠올린다. 숲을 빠져나와 그 아득한 시
간과 마주칠 때 비로소 "아른대는 마을의 불빛들"과 어깨
위로 돋아나는 별을 만난 시인은 숲이라는 '사원'에 들어 생
이 결국 혼자라는 것, 공포와 울음이 따라오지만 몸을 낮추
고 되돌아가면 그때 바로 불빛과 별을 만나게 된다는 것을
넌지시 알려 준다. 그렇게 숲이라는 사원에서 시인은 "돌고

돌아 오늘도 붉게 열리는 아침"(「브레송의 사진 속으로」)을 만나
고 있는 것이다.

이처럼 조현숙 시인은 '신전'과 '사원'이라는 근원적 거
소居所의 발견과 존재론의 개진 과정을 아름답게 펼쳐 간
다. 진솔한 기억을 바탕으로 남다른 진정성의 언어를 이
어 가면서, 보편적 삶의 원리에 대한 성찰을 진설陳設해 가
는 것이다. 간과하기 쉬운 근원적 힘에 대해 사유하는 쪽
으로 우리를 인도하면서 뭇 사물로 하여금 '시'의 은유적 경
지를 열어 가게끔 한다. 그렇게 사물은 어느새 '시'가 되고,
시가 가닿는 곳이 바로 '신전'과 '사원'의 형상으로 몸을 바
꾸는 과정이 조현숙의 시에서 자유롭고 아름답게 전개되고
있는 것이다.

4. 존재론적 기원의 소환과 안착 과정

나아가 조현숙 시인은 특별한 경험을 통해 자신의 삶을
반성적으로 사유하기도 하고, 새로운 세계에 대한 예지적
경험을 당겨 오기도 한다. 특별히 이번 시집은 대상을 향
한 한없는 그리움을 가지면서 존재론적 기원起源으로 회귀
하려는 시인 자신의 열망도 담아내고 있다. 그 그리움의 대
상은 조현숙 시인의 원형적 상像으로 기능하게 되는데, 시
인은 그 아름다운 이름을 일일이 호명하면서 시를 써 간다.
특별히 스스로의 기원이 될 만한 존재자들의 잔상殘像은 지

금도 그의 삶을 떠받쳐 주는 핵심 자양이 된다. 이러한 그리움의 정서는 이번 시집의 시간예술로서의 속성을 더없이 선명하게 입증해 주면서, 우리로 하여금 그러한 상상적 역류逆流 과정이 어떤 연대기보다도 더욱 삶을 잘 이해하게 해 주는 상상력의 운동임을 알게끔 해 준다.

밤낮없이 책만 끼고 앉아
시詩들시들 게으르다 하시는 아버지
성화에 끌려 땅콩밭으로 나간다

한여름 땡볕은 고소한 맛인가 보다
아버지 그늘도 고소했던가
조금씩 까슬해지며 야물어진 햇볕을
맛있게 파먹은 흔적을 본다

굼벵이의 짓이라고 힘을 주시는 아버지
나는 어둠을 부풀려 쩌렁쩌렁 한 세상 울리는
그중 게을러 서릿발 뚫고 절창을 뽑아낼
늦털매미를 생각하는 것이다

흙과 햇살로 바지런히 땅콩 빚으시는
굼벵이가 느릿느릿 노래가 되는
후미진 밭이랑 사이에서

—「시인과 농부」 전문

존재론적 기원의 한 축인 아버지는 '농부'답게 밤낮없이 책만 끼고 앉아 있는 것을 "시詩들시들"한 게으름으로 보셨을 것이다. 아버지 성화에 이끌려 땅콩밭으로 나간 시인은 밭으로 쏟아지는 땡볕과 "아버지 그늘"을 거기서 만난다. 야물어진 햇볕을 파먹은 흔적을 두고 아버지는 굼벵이 짓이라고 하셨지만, 시인은 어둠을 부풀려 한 세상 울리는 늦털매미를 생각해 본다. 그렇게 "흙과 햇살로 바지런히 땅콩 빛으시는" 느린 굼벵이처럼 "느릿느릿 노래가" 되신 아버지의 생이야말로 "후미진 밭이랑 사이에서" 일구어 내는 '시' 자체였을 것이다. 그러니 "시인과 농부"라는 제목은 딸과 아버지를 말하는 것이기도 하지만, 아버지의 몸 안에서 빛나는 이형동궤異形同軌의 모습일 수도 있었으리라. 결국 '아버지'라는 존재론적 기원은 "더 이상 견딜 수 없을 때 시詩라는 허물 하나씩을 뱉어 냈던"(「누에 시인」) 순간 속에서 "웃다가도 눈물겨운 그 이름"(「웃다가도 눈물겨운 그 이름들」)으로 남아 계신 것이다.

어머니의 구십 년 된 가죽나무에선
아직도 딱따구리 나무 쪼는 소리가 울린다

허리 꺾여 코가 땅 닿을 듯한 가죽나무에 매달려
붉은 꽁지를 까불대며 가슴을 쪼는 자식들
어제도 오늘도 가죽나무 살점을 쪼아 먹고는
휘황한 네온사인을 좇아 날아가 버린다

평생 웅크렸던 통장도 구멍으로 뚫리고
이제는 추수를 해도 채워지지 않는 곳간처럼
웅숭깊은 가슴엔 공허한 바람만 휘돌 뿐이다

비 내리던 어느 날 구멍의 무게가
아름드리나무를 주저앉혔다
고관절 수술 후 문병 온 봉투까지 뚫었어도
딱따구리들은 결코 가죽나무에 둥지를 틀지 않았다

오랜 비바람이 벗어 놓은 허물인 듯
땅 딛고 설 힘조차 잃은 가죽나무 한 그루,
오늘도 사립문 쪽으로 귀 열고 쓰러져 있다
　　　　　　　　　　　—「가죽나무 어머니」 전문

　이번에는 '어머니'다. 아직도 딱따구리 나무 쪼는 소리
가 울리는 어머니라는 가죽나무는 허리 꺾여 코가 땅에 닿
을 듯하지만, 여전히 붉은 꽁지를 까불대며 가슴을 쪼는 자
식들을 거느리고 계시다. 통장도 비워지고, 추수해도 곳간
이 채워지지 않고, 가슴엔 공허한 바람만 휘돌더니 어머니
라는 "아름드리나무"는 마침내 주저앉았다. 이제 딱따구리
도 가죽나무에 둥지를 틀지 않고, 비바람이 벗어 놓은 허물
인 듯 "땅 딛고 설 힘조차 잃은 가죽나무 한 그루"는 사립문
쪽에서 울리는 소리에 귀 기울이고 계시다. 어머니와 "결코
나란할 수 없는 내 어깨"(「편벽한」)는 지금도 무겁기만 하지만

"내 마음의 구리거울에 새겨진 어머니"(「금계포란金鷄抱卵」)는 "밭은기침 내뱉으며 눈 쌓인 먼 산 그리는 늙은 낙타"(「늙은 낙타」)로 여전히 거대하기만 하다.

우리의 기억이란 과거를 향하게 마련이지만 삶의 현재형을 견지하면서 이끌어 가는 심연이자 원형으로 각인될 때가 훨씬 더 많다. 조현숙 시인의 기억은 살아온 날의 회감回感이자 살아갈 날의 다짐으로 작용하면서 주체와 타자, 삶과 죽음, 생성과 소멸, 만남과 이별의 경계를 통합하는 서정적 격조를 완성해 간다. 여기서 우리는 삶의 치유를 경험하게 되고 시인의 기억 속에 있는 그리움을 발견하게 된다. 그만큼 그의 시는 융기와 하강, 따스함과 서늘함, 구심과 원심의 상상력을 한껏 결합하면서 아름답게 번져 가고 있다. 자신만의 소중한 존재론적 기원을 소환하고 안착해 가는 과정이 빛나는 서정적 순간을 허락하면서 기억의 저류底流로 뚜렷하게 남아 있는 것이다.

5. 근원적이고 궁극적인 서정시의 한 차원

두루 알다시피 서정시는 시인 자신의 실존적 발화에서 발원한다. 물론 그 대상이 공적 범주에 귀속됨으로써 사회적 확산 과정을 가져오는 때도 있지만 그때조차 서정시는 궁극적 자기 회귀성을 가지게 마련이다. 여기서 말하는 회귀성이 개인적인 사사로움에 한정되는 것은 물론 아니다. 그것은 개인적 이야기를 들려줄 때에도 그 안에 일종의 보편성을 내포하고 있기 때문이다. 결국 서정시는 타자를 향해 원심력을 가지다가도 다시 1인칭으로 귀환해 오는 회귀성을 필연적으로 견지한다. 물론 그 회귀성은 오랜 시간을 거쳐 돌아오는 과정을 포함하기 때문에 여전히 시간예술로서의 본령을 가진다. 조현숙 시인은 이러한 근원적이고 궁극적인 서정시의 한 차원을 보여 주면서, 불변하는 가치, 오래된 새로움, 영원과 순간, 사랑과 그리움의 시학을 펼쳐 보여 준다. 물론 그 이면에는 근대적 시간관觀에 대한 반성의 의미도 포함되어 있는데, 그렇게 독자적 시간 경험을 수용하는 과정에서 그는 타자를 통해 만나는 삶에 대한 긍정의 비밀을 품게 된 것이다.

까마귀 떼 날아오르다 내려앉곤 하는 광활 들녘에서 노인을 만났다

무엇이 그리 즐거운지 온몸 헤죽거리는, 아비보다 큼직한 딸아이를 데리고 망망한 눈밭을 하염없이 걷고 있다

딸아이를 산사山寺에 맡길 요량으로 속절없이 저무는 해에 마음 기대어 바다 쪽 향해 걸어가는 것이다

어느덧 땅거미 스멀거리고 멀리서 누군가는 또 하루치의 고단함을 별처럼 환히 내걸고 있다

캄캄하게 버티고 선 산마루 하나 없이 손 내밀면 거기가 하늘인 이곳

광활에서는 누구나의 기쁨도 슬픔도 지평선 위에서 올
망졸망 나란하다

세상사 끝 모를 물음 또한 잠시 잠깐이면 까무룩 저 들녘
이 되고 한 점 바람으로 흩어지고 마는 것을

기어이 눈발은 어지러이 휩쓸며 앞서간 자국마저 지우
려는가

문득 휘돌아보니 헤쳐 온 길 간데없고 세상 등져야 보
이는 바다

꿈틀거리며 화들짝 펼쳐진다

섣달이다

—「망해사 가는 길」 전문

전북 김제시 광활면은 지평선이 보이는 곳으로 유명하
다. 시인은 이곳에서 '망해사 가는 길'을 생각한다. 섣달 어
느 날 광활에서 만난 한 노인은 딸아이를 데리고 망망한 눈
밭을 걷고 있었다. 딸아이를 산사에 맡길 요량으로 바다 쪽
망해사를 찾아가던 노인은 누구나의 기쁨도 슬픔도 지평선
위에서 나란한 곳으로 가고 있다는 것을 보여 준다. 어지러
이 내리는 눈발 속에서 세상 등져야 보이는 바다가 펼쳐지
고, 그곳에서 시인은 아득하고 막막한 삽화 하나를 펼쳐 보
여 준다. 비록 "세상에 나긋나긋 향기로워 본 적"(「사과주 한잔
어떠신지」) 없지만 "일상과 이상, 세상과 시상詩想 사이를 자
유자재로 넘나드는"(「난시 약전」) 존재처럼 우리는 망해사 가
는 길의 오랜 아우라Aura를 지켜볼 것이다.

이처럼 시인의 기억은 시인이 지나온 날들의 의미를 형상화하려는 미학적 의지에서 비롯하고 있다. 그리고 그 기억은 타자의 모습을 통해 자신으로 이월해 오는 궤적을 낱낱이 포괄한다. 의식의 표면에 고정되어 있는 어떤 상像이 아니라 과거 경험과 비슷한 맥락을 만나게 되면 유추적으로 그것을 재현할 수 있는 에너지를 포괄적으로 함의하는 기억의 형식을 통해 시인은 서정시의 이러한 고전적 원리를 수행하는 것이다. 하지만 이러한 서정시의 형질이 사물과 내면의 유비적 관계에만 한정되는 것은 아니다. 오히려 그의 시는 이러한 내면의 출렁임이 단단한 기억 속에 흐르는 특성을 보여 주면서, 동시에 시선을 바깥 타자로 돌리게 함으로써 시 세계의 확장 과정을 불러오기도 한다. 큰 시선으로 발견해 가는 타자와 시원始原의 시공간이 그 안에 흐르고 있는 것이다. 근원적이고 궁극적인 서정시의 한 차원이 이때 비로소 가능해진다.

서정시는 자아와 세계에 놓인 미학적 창窓이며 이때 자아는 그 창을 통해 세계와 만나고 세계를 바라볼 수 있게 된다. 특히 훌륭한 시인의 언어는 결핍의 조건에 놓인 자아와 폐허의 상태에 있는 세계를 이어 주는 구체적 창이 되어 준다. 조현숙 시인은 섬세하고 다채로운 언어의 아름다움을 통해 원체험을 발견하고 그것을 시 안에 풀어놓는다. 그의 원체험은 자신의 삶을 성찰해 가는 자기 확인의 작업으로 진화해 간다. 서정시의 창작 동기가 자기 확인 욕망에 있다면 시인은 자신의 삶을 탐색하고 성찰하는 일련의 지적, 정서적 과정을 통해 자신의 시 쓰기를 완성해 가고 있다고 할 수 있을 것이다.

　조현숙의 이번 시집은 이처럼 지나온 시간에 대한 기억의 재구성이라는 일관된 특성을 지닌다. 그의 시는 스스로를 탐색하고 성찰하는 과정을 한결같이 수반하면서 가장 근원적인 세계를 갈망하는 에너지로 가득 차 있다고 할 수 있다. 그것을 시인은 주변성의 가치가 투명하고 진솔한 언어적 의장意匠에 감싸여 있을 때 얼마나 아름다운가를 보여 주는 것이다. 말하자면 그가 택한 대상과 어조와 작법이 삶의 주변부를 탐색하는 목소리를 분명하고 단단하게 담고 있다는 점에서, 이번 시집은 우리 시단에 충실하고도 새로운 미학적 감동을 줄 것이다. 진중하고도 아름다운 성찰적 시 쓰기를 통해 가닿는 존재론의 미학을 담아낸 이번 시집의 출간을 축하드리면서, 이러한 개성적 성취를 품고 넘으면서 더 큰 시인으로 나아가기를 온 마음으로 희원해 본다.